雨宮兄弟の骨董事件簿《アンティーク・ファイル》 3

JN066614

高里椎奈

角川文庫
23998

contents

character

雨《あま》宮《みや》陽《はる》人《と》

24歳のディーラー。両親の留守を預かり、雨宮骨董店を切り盛りしている。お人好しで明るく、誰からも好かれる。

雨《あま》宮《みや》海《かい》星《せい》

陽人の弟。病弱で家から出られず、人嫌いな面も。ある不思議な力を持っている。

本《ほん》木《もく》匡《きょう》士《じ》

25歳の刑事。陽人とは旧知の仲で、なにかと兄弟の世話を焼いている。

第一話
密談椅子

1

天地が星に囲まれて、宇宙を漂う心地がする。

星空を映す海は幻想に過ぎない。現実の海は常に波が寄せては返し、漣《さざなみ》さえ星の瞬きを水底に沈めてしまう。夜の海が闇を流し込んだように黒く恐ろしい力に満ちている事は、この街に暮らす者なら誰でも心に刻まれているだろう。

古くからの港町。モダンな倉庫通りにも届く眩《まばゆ》い光は発展を続ける街の明かりだ。潮風が文化を運び、時の背を押す。煌《きら》びやかな雑踏を過ぎて小路《こうじ》を進むと、レトロな街並みが懐かしい記憶を呼び覚ますだろう。

しかし一度《ひとたび》、陽が昇れば、過去を繋《つな》ぎ止める風景は今を生きる景色に様変わりした。

海へと続く川沿いの桜並木は疾《と》うに葉も落ち、なだらかな石畳と通りに面したパネルドアや、扇窓《ルネット》と上げ下げ窓が異国情緒を漂わせる。

いつも民家の外階段で眠っている猫は、今日は柵《さく》に引っかかったリボンに夢中だ。白いリボンは風が吹くたびに翻り、猫の爪を優雅に躱《かわ》した。

「うー、寒い」

匡士《きょうじ》はスーツの肩を怒らせて、小路を吹き抜ける冷えた風をやり過ごした。

地球温暖化と聞いて、多くの人は匡士と同じように、冬は暖かくなると考えなかっただろうか。だが、実際に訪れているのは猛暑と極寒の二択である。もし地球にも惑星サイクルがあるのなら、春と秋が長く続く穏やかな時代に暮らしてみたいものだ。

建物に挟まれて、見上げる空は青々と高い。

白いカーテンが下がった窓は沈黙して人の気配がない。

匡士が足を止めて視線を下ろすと、ダークブラウンの陳列棚《キャビネットウインドウ》に猫背の影が映って、思わず背骨を引き起こした。上背があるので姿勢の悪さが目立った。

「客は……見えないな」

匡士は暗い店内を覗《のぞ》くのを諦《あきら》め、微《かす》かに軋《きし》む扉を開いた。

太陽の匂いがする。

店の中は外から見た時と変わらず薄暗く、家具や彫像が所狭しと佇《たたず》んでいる。壁に絵画と装飾品が掛けられて、天井から吊《つ》り下がる照明は半分も点《とも》っていない。

奥に作り付けられた本棚に並ぶ書籍は美術骨董《こっとう》に関するものが多い。

その手前、木組みのコレクターケースに囲まれた作業机で、一人の青年が小型の彫像を見つめていた。

清潔な白いシャツに羽織る細身のジレには珍しく、控えめだがラメが入っている。彼の両親が買い付けから帰国していたから、土産かどちらかの見立てだろう。モカ茶の髪が掛かった青年の横顔は誠実そうで、匡士は思わず我が身を振り返り、豪奢《ごうしゃ》な鏡でボサボサ頭に手櫛《てぐし》を通した。

「どうです？」

話しかけたのは匡士の母親ほどの年齢の女性である。眉《まゆ》を綺麗《きれい》なハの字にして、困った風な口振りの割にストールを直す所作には余裕も感じる。

青年が穏やかな笑みを僅《わず》かに翳《かげ》らせた。

「変わった形をしたフィギュリンですね」

体温を宿した優しい声。

彼が匡士の訪ねて来た人物、雨宮陽人《あまみやはると》だ。ここ雨宮《あまみや》骨董店の長男でディーラーを務めている。

両親の鑑定スキルに比べればまだ若造の域から抜け出せない彼だが、人間性に於《お》いて――匡士にとっては、地球上で最も信頼出来る人の一人である。無論、鑑定眼に関しても大いに頼っているし、今日もそれが目的だった。

しかし、順番は守ろう。仮令《たとえ》、公務だったとしても。

匡士が店の骨董品に溶け込むのを、陽人が横目で捉《とら》えて唇の端を引く。それから、彼は作業台の彫像に向き直った。

「フィギュリンは一九〇〇年代にヨーロッパを中心に流行した置物の一種です。陶磁器やブロンズ、象牙《ぞうげ》を用いて古代彫刻をベースに作られましたが、こちらのようなアール・デコの作品は動物やダンサーといった躍動感ある生物がよくモチーフにされました」

「躍動感」

「ないような気もしますねえ」

客の冴《さ》えない反応に、陽人も苦笑いで同意する。

今、話を聞いただけの匡士には、作業台の彫像は寧《むし》ろ怠惰がテーマに思えた。

数本の弧を合わせた円に青い彩色を施して星を鏤《ちりば》め、円の切れ間で弧ごとに段を作る様は波飛沫《しぶき》の様だ。

問題はその下に横たわる人物像である。

右腕を枕にして寝転び、右足を台に、左足は台から外へ投げ出している。左腕は宙を搔《か》き、まるで休日の匡士がソファでスマートフォンを捜している時の様な格好だ。ダンサーの躍動感とは対極級に程遠い。

陽人はルーペで表面を確かめたり、台を裏返して刻印を調べたりする。

「来歴《プロヴェナンス》によれば一九二二年製、無事アンティークです」

「『無事』と言うと？」

客が上品に首を傾げるのを、陽人が微笑みで受け止めた。

「アンティークの基準は『製造から百年以上が経過した価値ある物』と定められています。価値の部分に関しては鑑定や主観にもよりますが、年数は揺るぎません」

「九十九年では？」

「ヴィンテージと呼ばれます。古道具は百年で二度目の誕生日を迎えるのです」

「興味深いわ」

「しかし、形が独特な事に加えて、台は後付けで作られた物のようで、鑑定には慎重にならざるを得ません」

陽人が天鵞絨《ビロード》張りのトレイに書類を置いて、ルーペのレンズを彫像に重ねる。

「困ったわ。知人に譲って欲しいと言われたので、後でトラブルにならないように鑑定して頂きたかったのよ。仲良しにヒビを入れたくないもの」

客の嘆息が途中で途切れる。

呑《の》まれたのだ、扉が開く音に。

「まあ」

客が目を瞠《みは》った。本棚が隠し扉になっているなど露ほども思わなかった所為《せい》だろう。

作り付けの本棚のひとつが蝶番《ちょうつがい》の軋みを伴って開き、陰から黒髪の頭が覗いた。

「すみません、弟です。海星《かいせい》、鑑定のお客様だよ」

陽人が双方に笑いかける。黒髪の少年は客と会釈を交わすと、ブランケットを引きずって棚の陰から抜け出し、影から影を渡り歩くようにして匡士の背後に収まった。

「どうした、海星。おれに用か？」

「全然」

海星は素っ気なく答えて、作業台の彫像を見つめた。

「逆さま」

最初の一言は、皆が聞き逃した。海星が声音を弱めて言い換える。

「妖精《ようせい》が逆立ちしてる」

今度は匡士にだけ聞こえたようだ。再び眉を傾ける陽人と客に、匡士は探り探りで声を発した。

「あー……逆じゃないですかね。其奴《そいつ》の、上下？」

小声で背後に尋ねると、海星が小さく二回頷《うなず》く。

「上下が、多分、何となく」

「成程」

二人がかりのしどろもどろの説明を、陽人が慣れた速さで理解した。

白い手袋が慎重に、彫像を台座の窪《くぼ》みから持ち上げる。

「お客様。こちらのブロンズ・フィギュリン、百年の間に手違いが起きたようです」

「どういう事？」

「アンティークは人から人へ受け継がれるもの。人為的ミスは付きものです。が、正す事は不可能ではありません」

陽人が円の縁をなぞって頂点で指を止める。彼は数センチの間で指を繊細に行き来させて徐々に範囲を狭め、遂《つい》に一点を探り当てると、手元にルーペを固定した。

「非常に軽微ですが、台座との継ぎ目と推測される突起が確認されます。いずれかの時代で修復時に取り違えたのでしょう」

滑らかな指遣いが円弧を回転させる。空は海に、波は流れ星に、そして怠惰な人物像は左足を軸に上体を反らし、右足と左手を翼の様に広げ、右手で夜の帷《とばり》を引く美しい踊り子へと変貌《へんぼう》を遂げた。

「雨宮骨董店の名に於いて、来歴通りの一九二〇年代アール・デコ、素晴らしいブロンズ・フィギュリンであると鑑定致します」

今にも動き出しそうな彫像に対面して、客が目を輝かせた。

陽人が鑑定書のページを捲《めく》り、文字がびっしり綴《つづ》られた項目を指差す。

「金額は現在の額面より二から三割上げて頂く方が妥当と考えます。一方、台座が欠けている為、完品と並べる事は叶《かな》いません。飽くまで彫像の美術的価値の範囲になりますので、所有者様のお好みで設定可能な変動値と考えて宜しいかと」

「来て良かったわ。このお店には優秀な鑑定士さんが三人もいらっしゃるのね」

感嘆の吐息を漏らした彼女に、陽人は訂正で水を差さず、海星はブランケットごとコンソール・テーブルの陰に蹲《うずくま》る。

匡士は罪悪感と億劫《おっくう》さの間で社交的な苦笑いを返した。

嘘を吐いた訳ではない。だが、胃がチクチクする。

2

匡士は大きな手で腹を押さえて、ブランケットの塊と化す海星を見下ろした。

「昼飯に何か買って来るか？」

海星が差し入れを期待して階下に来たのなら思わせぶりになってしまった。匡士が手を広げて何も持っていない事を示すと、海星は白けた顔で立ち上がる。

「要らない」

「何だよ。いつもは——」

匡士の話を聞く気はないようだ。本棚の隠し扉を開けて部屋に戻る海星を見送ると、陽人が白い手袋を外して小さく笑った。

「最近、鑑定を見に来てくれるんだよ」

「自分から？」

「見たでしょ」

見たが、匡士は俄《にわ》かには信じられなかった。

生来、身体が弱く、外に出る事が難しい海星は、いつの間にか他人に対して興味を示さなくなっていた。

匡士は家族ではないから彼の心の機微を間近で見てはいない。もしかしたら、生まれ持った性格が人嫌いなのかもしれない。

いずれにせよである。

「気を付けないと、海星のアレは他人に知られた時のリスクが高い」

「そうだね」

陽人が横目で本棚の向こうを窺《うかが》う。既に聞こえる気配はなかった。

先程、海星が彫像を見て囁《ささや》いた言葉。

『妖精が逆立ちしてる』

海星には物に憑《つ》く妖精が見えるらしい。匡士には彼の言うそれが何かの比喩《ひゆ》なのか、お伽話《とぎばなし》に描かれるような妖精が見えているのかは分からない。

しかし、妖精は物の状態に影響を受けるようで、海星の語る妖精の姿は誰も知らない真実を言い当てる事があった。

匡士も知って日は浅いが、広く知れ渡れば遠からず海星が傷付き、多くを失う事は想像に難くない。彼個人を尊重しない他人は必ず海星から私益を強奪する。

「でもねえ」

何に於《お》いても弟優先の陽人が、何故か声に否定の色を含ませる。

「海星が外の人と関わりたいと思ったなら、尊重したいのが兄心でして」

「それはそう」

匡士は奥歯で憂慮の苦みを噛《か》み潰《つぶ》した。文字通りの箱入り弟が外界に踏み出すのも、その背を押そうとする陽人も、匡士から見れば親戚《しんせき》の赤子が摑《つか》まり立ちを成功させるに等しい進歩だった。

しかし、希望を持てども心配は尽きない。

「まあ、追い追い。まずは陽人が協力してくれ」

「何の捜査？」

「三課《うち》の専門は」

「窃盗」

「今から行ける？」

「いいよ」

陽人は迷いもなく立ち上がると、店の扉に閉店の札を掛けた。

ロータリーを形成する縁石の外側が芝に覆われて青々しい。広い外階段を備えた建物は立方体に近く、外観は重厚ながらシンプルだ。建物の後ろは背の高い木々に囲まれて、北風が鬱蒼《うっそう》とした葉を震わせると鳥が三羽飛び立った。

ブロッコリーの中にウォッシュチーズの塊が転がっているようだと感じる匡士の感性は、おそらく美術館に向いていない。しかし、事件が起きれば何処にでも駆け付けるのが刑事の務めである。

「連れ出しておいて今更だが、店を閉めさせるとは……悪いな」

「気にしないで」

「親御さん、帰ってきたんじゃなかったのか？」

「買い付けた物の鑑定で暫《しばら》くいる予定だったのだけれど、倉庫で家具をひっくり返していたかと思ったら、その日の内に二人とも出て行ったきり。ディーラー仲間と連絡を取っていたみたいだし、名家が蔵売りでもするのかもね」

陽人に不在を惜しむ悲しさは感じられない。骨董《こっとう》品は数が限られているから、良品は取り合いになるのだろう事は素人の匡士にも想像が及んだ。需要が高まったからと言って増産出来る代物ではない。

「事件《こちら》の方が心配だよ。僕で力になれるかな」

匡士としては、そちらの方が心配していない。

耳元に纏《まと》わり付いた羽虫を骨張った手で追いやって、匡士は手の甲を軽く払った。

「職員が紛失に気付いたのは昨日の閉館後、警備員が美術品が床に散らばっているのを発見して通報した」

「床に散らばるというと、小さい物かな」

「おれには装飾品か呪術《じゅじゅつ》品か区別が付かん。その辺の査定を陽人に頼みたい」

「美術館なら収蔵品のリストがあるでしょう？　所属の学芸員さんに訊《き》けば解説付きで教えてもらえるよ」

「残念ながら、所属の学芸員は犯行を疑われている」

匡士と陽人が外階段に近付くと、入り口の回転ドアからスーツ姿の痩身《そうしん》がポニーテールを翻して駆け出してきた。

「キキ！　外で事件の話をするな」

「……地獄耳」

匡士が肩を竦《すく》める横で、陽人が彼女にお辞儀をした。

「こんにちは、黒川《くろかわ》刑事さん」

「雨宮君。この度は御足労おかけする」

刺々《とげとげ》しい態度は変わらぬも、流石に捜査協力者には筋を通す黒川である。

彼女はチタンフレームの眼鏡を押し上げて、館内へと踵《きびす》を返した。

「ここ、星辰《せいしん》美術館に来た事はありますか？」

「企画展示を何度か見ました」

陽人が答えて、回転ドアに歩を進める。匡士は回転ドアと観覧車に入る時、妙に身構えてしまう。小学生の時に長縄跳びでタイミングを誤り、横っ面に縄が直撃した痛みを思い出す所為《せい》だ。

匡士が出遅れている間に、二人は易々と合流して話を再開する。匡士はゆっくりとしか回転しないガラスのドアをもどかしく思いながら、早歩きで二人に追い付いた。

「つまり職員さん全員にアリバイがなく、全員が収蔵室に入れたのですね」

「そうなります」

黒川が奇妙なポーズの銅像を横目に、奇妙な形の椅子を素通りする。縦長の窓から裏口に立つ警察官の姿が見えた。

「言葉を選ばずに言えば、容疑者を現場に近付ける訳にはいきません」

「収蔵品リストとの照合と被害総額の算出ですね。僕が捜査協力する件、館長さんにはお話しして頂けていますか？」

「それはキキ——本木《ほんもく》刑事が」

黒川が肩越しに振り返る。国士は陽人に親指を立てて見せた。

「話は通した。ディーラー同士の縄張りがあるんだろ」

「縄張りとは違うのだけれど、先輩がそれで納得しているのならオッケー」

陽人が親指を立てて気安く応《こた》える。

スチールポールに渡した進入禁止のロープを避《よ》け、階段を下りる。正面入り口は外階段の二階にあるので、地上一階に戻る格好だ。壁面に展示物が一切ない寂しい廊下を進むと、警察官が特に多い一角に行き着いた。

「雨宮君、これを」

黒川が差し出したのは、口に輪ゴムを取り付けたビニール袋と白い手袋だ。

「靴をカバーしてください。彼処《あそこ》にいる鑑識官が立ち会います」

かなり前から三人に気付いて様子を窺っていた紺色の制服の男性が、黒川の視線の動きを察して手袋の手を掲げる。

「任せて悪いな、陽人。これから事情聴取なんだ」

「キキ。捜査内容の漏洩《ろうえい》」

「すみません」

黒川の叱責《しっせき》は基準が厳格で正しい。匡士が二人に目礼で謝ると、陽人が微笑む唇に人差し指を立てた。

「大丈夫。美術館の収蔵物は殆《ほとん》ど来歴が確かだから、僕の手にも負える筈《はず》。後で、館内だけ弟に見せてあげてもいいですか？　黒川さん」

「弟」

黒川の記憶では、海星の存在があやふやらしい。陽人がにこりと笑う。

「体質で家から出る事が難しい子で。外を見る機会が映像とストリートビューくらいしかないんです」

「む、事件を好機と捉《とら》えられては不本意です。しかし、事情は理解しました」

黒川は厳格で立場に忠実な刑事だが、近頃は四角四面の角がほんの少し削られつつもある。彼女は腕組みをして廊下の左右を見渡した。

「他の人間が映らないように注意しなさい。展示室には立ち入らない事。施設の雰囲気を味わうという目的に限り目を瞑《つぶ》ります」

「ありがとうございます」

「それでは、よろしく頼みます。キキ、付いてこい」

「へーい」

匡士が目配せをすると、陽人が無邪気に手を振る。黒川が匡士の返事に不平を零《こぼ》すので、匡士は三歩離れて彼女の後に続いた。

3

事件のあらましはこうだった。

昨晩、二十二時五分。

警備員の加護《かご》は消灯後の巡回に出発した。

「星辰美術館は十七時閉館、二十一時に全職員が退館しますが、二十二時まで照明が点《つ》いてます。電気系統のシステムが、スリープに時間がかかるのだと聞いた事がありますが、詳しくは知りません」

警察が調べたところ、空調などを維持したまま消灯する自動プログラムの実行が、館の隅々まで行き届くのに時間を要するようだ。

「警備員は当番の二人が残り、消灯後に見回りをして帰る決まりです」

昨夜も加護と相方の警備員は監視モニター室に待機して、消灯を待っていた。全てのモニターを注視し続けていたとは言えないが、入場者のいる日中と違って動く人が映れば目に入る。

「絶対かと訊かれると躊躇《ためら》いますが」

黒川に詰められた加護は、自信がなさそうに断言を避けた。

声が低いので年嵩《としかさ》の印象を受けるが、顔立ちを見ると目元には皺《しわ》一筋なく、ともすれば匡士と同世代にも思えてくる。警備服のボタンを全て留め、こちらも皺ひとつない几《き》帳面《ちょうめん》ぶりだ。

「私も相方の寒山《さぶやま》もモニターで見る限り、異変には気付けませんでした。収蔵室に窓はなく、正面入り口、搬入口、職員用出入り口、いずれも警報装置が稼働して、無理に侵入すれば警報が鳴ると同時に本部に通報が行き、応援の人員と警察が来ます」

当該時間帯の通報は記録にない。

「二人で展示室を巡るのに十五分、最後は二手に分かれてバックヤードを確認します。今回、盗みに入られた収蔵室を確認したのは寒山でした」

そう話した加護よりベテランの風格を漂わせているにも拘《かかわ》らず、寒山は弱り切った顔に冷や汗を頻《しき》りに浮かべて、暫くは質問と返答が嚙《か》み合わない有り様だった。

「警備の仕事上、マスターキーは所持しています。だからと言って、いいえだからこそ、盗みなんて最初に疑われるじゃないですか。いや、そこを逆手に取って第一発見者が犯人とも考えられますか？　まさかまさか以《もっ》ての外です」

あらゆる可能性を列挙して首を左右に振る寒山の動きは赤子をあやす玩具《おもちゃ》の様だ。

対象の緊張を解《ほぐ》すには黒川の生真面目な鋭さより、匡士の不真面目な緩さが適している――と茶化したのは捜査三課の課長だが、その効果は現実に見込めるらしい。

　匡士が根気良く相槌《あいづち》を打っている内に、寒山の話は事実の割合を増やした。

「加護とは例の廊下で落ち合う経路になってまして、今日はわたくしが先に着きました。勿論《もちろん》、見回りを手抜きして早く終わったなどではなく、本当に違います」

　これは監視カメラの録画で裏付けが取れている。

　監視は展示室にソースを割き、バックヤードは四台のカメラを十秒置きに切り替える纏《まと》めての録画で、三十秒後に同じ廊下に戻ってくる。

　寒山が曲がり角から現れたところでカメラは別の廊下を歩く加護を映す。そして、三十秒後、再び映った寒山は扉の前を行ったり来たりして、現れた加護に飛びかかるように走り寄った。

「部屋の中から音がしたんです。ガタガタッと物が落ちる音と、バサバサッと服を翻すような音でした。わたくしは怖くて、ドアノブを回せなくて、ドアの下に入館証をケースごとねじ込みました。ドアストッパーにして閉じ込めたんです」

　ゴム素材でないケースがストッパーとして機能したかは疑わしいが、扉が開かれる事はなかった。加護が合流し、二人で中に踏み込む。

「床に物が散乱していました。箱や布に紛れて高価そうな物も見えたので、加護と大声で呼びかけながら棚の陰を覗《のぞ》き込みました」

加護の話では寒山は戸口で大声を張り上げていただけで、警棒を手に室内を確認したのは加護一人だったそうだ。

「でも、誰もいなくて、その時は、収蔵品がバランスを崩して落っこちただけかもと思ったんですが、念の為に加護が本部と館長に連絡しまして、見てもらったら幾つか足りないって」

館長は近くの店で食事をしており、お陰で夜明けを待たずに事件が発覚した。

「あああ、わたくし達が疑われているんですよね。美術館の警備なんて格好いいと嫁と娘に自慢したかったばかりに……もっと安全で安心な場所に配属してもらっていれば」

寒山が無茶な仮定で嘆いて頭を抱えた。


警察が内部犯を強く疑う理由はセキュリティシステムにある。

閉館時の見回りで手洗いの個室、貸しロッカーの中まで確認される事。

どの出入り口も施錠後は警報装置が稼働する事。

展示室には空調設備があり、人が潜んで閉館をやり過ごそうとすれば温度センサーが異変を感知する事。

外からの侵入は難しく、部外者が建物内に潜んで時を待つのはもっと困難だ。また、盗まれた収蔵品は現在、展示から外されている文化的装飾品で、内部の人間でなければ保管場所は疎《おろ》か存在すら知り得ない。

星辰美術館には五名の職員が在籍している。

館長、学芸員二名、事務職員一名、総務職員一名だ。

事務職員の一人が午後休を取ってライブに行っていた以外、可能不可能のみで分ければ、四名共に犯行が可能だった。

これには発見後の初動の悪さも関係している。

警察への通報が遅れた為、館長を始め、連絡を受けて集まった職員らが外から来たのか、館内に潜んでいて紛れたのかを見張る者がいなかったのだ。翌朝、出勤した者も同様である。

館長は近くのフレンチレストランで食事をしていたと主張。店員は彼の来店を覚えていたが、常連客への信用から二十二時前に料理を運んで以降は厨房《ちゅうぼう》の片付けをしており、館長はいつの間にか代金を置いて退店していたと証言した。

学芸員の増象《ぞうぞう》はハイブランドのスカーフをブラウスのボタン穴に通しながら、昨夜はマンションに真っ直ぐ帰宅したと話す。

「お風呂《ふろ》に入って、食事をして、動画を見て寝ました。アカウントの視聴履歴を見てもらえれば分かります」

残念ながらスマートフォンで視聴可能な為、証明は出来ない。

同じく学芸員の地湯《じゆ》は海を眺めていたと言う。

「一人で夜の海を見ちゃいけませんか？　冬になる時って気が滅入《めい》るんですよ。環境は何も変わっていないのに、急にどん詰まりに来たみたいな、謎の不安で心が死ぬ感覚、分かりません？　お給料は安いし、彼女はここのとこ返信遅いし、明日《あした》から死ぬまでどうやって生きていけばいいんでしょう。ねえ？　刑事さん？」

アリバイにはならないが、彼が呼び戻されて良かったという安堵《あんど》はある。よれよれのブルゾンにトマトらしき汚れの飛んだシャツ、ストレートのジーンズの裾《すそ》は何故か濡《ぬ》れている。伸びた癖毛は渦を巻いて積乱雲の様だ。身だしなみに気を配れない理由が性格由来であれば構わないが。

総務を一人で切り盛りする初後《ういご》は最も歯切れの悪い受け答えをした。

「何度も言いますけど、簿記とエクセルだけで採用された事務員なんです、あたし。美術品の価値なんかこれっぽっちも理解不能でしょ。盗んだって何処で売ればいいか完全無知でしょ。砂良《ざら》さんならまだしも」

「砂良さんは終日出勤していた方の職員さんですね」

匡士がリストで確かめると、黒川が冷静を凍らせて固めたような瞳《ひとみ》で初後と目線を合わせた。

「まだしもとは？」

初後が気まずそうに右手の親指を左手で挟む。懸命に伸ばす袖口《そでぐち》から輪状のサイリウムが覗いて、ライブ終了後、館長から連絡が来るまで友人と打ち上げでもしていたのだろうと推測に至った。目の隈《くま》と黒いアイラインが奇《く》しくも調和している。

「だって、うちの美術館は事務が展示物に関わる全般を担って、総務は経理をメインにした何処の会社でもある仕事でしょ。あたしは十中八九、部外者というか」

「お話、ありがとうございました」

黒川が礼を言うと、初後は寧《むし》ろ拍子抜けしたような顔で、おずおずと多目的室を出て行った。

彼女が最後になったのは、昨夜呼び出されて以降、休憩室で熟睡していた事による。

「あー、帰宅するタイミング逃したぜ」

耳の下で二つに結った髪を巻き、ピンクの色合いで纏めたメイクが顔立ちを幼く見せる。上下タオル地のルームウェアを着て、足元はよく見る国内スポーツメーカーのクロッグサンダルだ。

「砂良さん、お待たせしました」

黒川が向かいの椅子を勧めると、砂良は横向きに腰を下ろして両足を投げ出した。

「間抜けの所為《せい》でいいとばっちり」

これみよがしの溜息《ためいき》は遠慮の欠片《かけら》もない。

黒川が眉《まゆ》を顰《ひそ》める。

「お言葉ですね」

「七番の収蔵室なんかどうせ眠らせてるだけなんだから、バレないようにこそーっと持って行きゃあ誰も気付かなかったのにさ」

「盗まれても構わないとお考えですか」

「余分に買い集めて腐らせちゃあ、どんな御馳走《ごちそう》も強欲の搾り滓《かす》だ」

一理ある、と匡士は思ったが、窃盗を肯定する発言は刑事にあるまじきだ。職務意識に曇りのない黒川を窺《うかが》うと案の定、彼女は眉間《みけん》の皺《しわ》をますます深くした。

「昨晩はどちらに？」

「十八時上がりで帰った。飯食ってだらだらしてたら、弟達がパソコンの取り合いで喧《けん》嘩《か》し始めて、五月蠅《うるせ》えから犬の散歩に出た。んで、コンビニに寄ってる時に館長から電話が来たから犬を置いて再出勤」

砂良が掲げたスマートフォンの待受画面で、柴犬《しばいぬ》が舌を出して笑っている。

「したけど、増象は寝てたって言うじゃん。馬鹿見たぜ」

「昨晩の内に事情聴取が済めばお帰り頂けたのですが、砂良さんは休憩室で仮眠に入って起きないと館長さんに聞きましたので」

「館長！　そう、館長だよ」

砂良が手の平をテーブルに叩《たた》き付ける。黒川が小さく身を竦《すく》めて固まったので、匡士は話に割って入った。

「寝かせてあげてくださいって、気遣いだったみたいですけどね」

「それはいいよ。あの人、前から暇さえあれば七番に出入りしてただろ」

「……日常的に？」

匡士は努めて口調を変えずに尋ねた。砂良が巻き髪を揺らして頷《うなず》く。

「美術館を、自分で買えない物を集めておけるコレクションハウスか何かだと思ってるかんな。館長だったら犯人の痕跡《こんせき》？　普段と違う異変も見分けられるんじゃね」

砂良が名案と自画自賛してワハハと笑うと、目元からラメが落ちて彼女に雀の子みたいなくしゃみをさせた。

4

館長はどちら側の人間か。判断には熟考を重ねなければならない。

二人残った多目的室で、匡士は美術館のパンフレットを無意味に振って嫌な沈黙を散らした。

「現場検証に館長の立ち会いを求める時は監視役が要る」

黒川が言い終わるなり、ミーティングチェアを鳴らして立ち上がる。

「証拠隠滅を危惧《きぐ》するのは早計では？」

「備えあれば憂いなし。疑わしきを罰しないのは司法の話。刑事は片っ端から疑って突き詰めるのが役回りだ」

「悪魔の証明よりかは希望がありますね」

匡士が皮肉を口遊《くちずさ》むと、黒川が眼鏡の脇から鋭い眼光で睨《にら》み付けて背を向けた。

日差しと鳥の囀《さえず》りで満たされた。


「課長に相談する。キキは雨宮骨董《こっとう》店を頼んだ」

「確認します」

重い腰を上げる匡士を待たず、黒川が出て行った扉が無感動に閉まる。静寂が午後の日差しと鳥の囀《さえず》りで満たされた。


七番の収蔵室には、扉前に立ち入り禁止のビニールテープが張られ、制服の警察官が一人、見張りに立っている。昨夜、匡士が到着した時は警察関係者と職員でごった返していたが、波が引くと実に静かな廊下だと分かった。

警備員の目を躱《かわ》して逃走するのは不可能に近い。

（物音を立てて、踏み込んで来たところを入れ違いで逃走……警備員二人がパニックに陥っていれば出来なくはないか？）

通報後、警備会社や警察の包囲——元の目的は外からの侵入を防ぐ為だが——を掻《か》い潜《くぐ》り、外に逃れるには相当な幸運頼りになる。関係者が退社を装って潜伏し、盗品を館内の何処かに隠した後、呼び出されて駆け付けた態《てい》で姿を見せる方が現実的だ。

廊下のカメラが十秒おきに切り替わる事もその順番も、職員なら知っていて奇妙《おか》しくない。何なら映らずに歩く方法はいくらでも練習出来ただろう。

（職員が帰る時に所持品チェックに協力してもらって、館内を隈なく捜索すればこの線は潰《つぶ》せる。大事《おおごと》にせずに済めばいいが）

頭上のカメラがジーッと低い音で唸《うな》る。表示と録画が切り替わるだけで、電源が切れる訳ではなさそうだ。斜め上に捻《ひね》った首の筋から後頭部に痛みが走って匡士が頭を振った瞬間、七番収蔵室の扉が開いて陽人と目が合った。

「よ、よう」

「顔の左半分固まってるけど大丈夫？」

陽人は顔の下半分がマスクで覆われているが、朗らかな笑みを浮かべているのは間違いない。

「何も」

匡士は顎《あご》をしゃくって、表廊下の方へ移動を催促した。

正面出入り口は未《いま》だ封鎖されたままで、がらんとしたロビーは空調も弱く感じられる。陽人は階段を上り切ったところでマスクを外して息を吐いた。

「鑑定結果を伝えるね。リストにあって収蔵室で確認出来なかった物は三点」

「思ったより少ないな」

匡士は階段の手摺《てすり》の終わりに寄りかかった。

「十八世紀頃に作られたシルバーのメモリアル・リング。ロケットの様に蓋《ふた》が開く構造で、中には肖像画、蓋には髪の毛が編み込まれていて、リング部分に哀しい詩歌が刻まれている。学術的価値は素晴らしく、特定の故人との大切な思い出となる一方、装飾品としては万人に好まれる物ではない」

「そう考えて差し支えないと思う。高額買い取りが見込めず、個性的なアンティークは足も付きやすい」

「転売には向かない？」

　宝石があしらわれていない銀製では分解して売られる事もないだろう。

「二つ目は一八〇〇年頃の手袋。綿レースで、貴族がパーティーに着けていく類《たぐ》いの服飾品だね」

「貴族って事は高級？」

「歴史的には」

　陽人が言葉を濁す。

「十八世紀から十九世紀にかけて、産業革命が起きたでしょう？」

「中学の授業以来で聞いたな、その単語」

　思わず匡士の顔が歪《ゆが》む。暗記科目を一夜漬けで乗り切ってきた苦い記憶の断片だ。

「鑑定士にとって産業革命の前後は重要で、レースも機械織りに変わった時期になる。十九世紀末には中国産の絹手袋が一世を風靡《ふうび》したから、歴史の境目を知る貴重な資料である事は間違いない」

「また、限定的貴重品か」

「最後も同じく。十九世紀の終わりに作られた時計用の鎖」

「あのスーツベストのポケットから垂らすあれか？」

「うん、その鎖。腕時計が量産されたのは一八八〇年頃と言われている。戦争で懐中時計を悠長に見ていては作戦に支障を来たすと、ドイツ皇帝が懐中時計にベルトを付けさせたのが始まりだ」

「戦争きっかけだったのか」

学校の授業でも余談を交えてくれたら興味が湧いたのかもしれない。俄《にわ》かに浮かんだ考えを、匡士は脳内で瞬殺した。先生は話していたにも拘《かかわ》らず、匡士がサッカーと昼食で頭がいっぱいで上の空だった可能性が相当高い。

「科学が戦争に利用される事は悲しく残念な事だけれど、兵器開発が人の生活に齎《もたら》す副産物もある。ここの考え方は鑑定士でなくても分かれるだろうね。時計の鎖を時代の終《しゅう》焉《えん》と捉《とら》えるか、平和の象徴と見るか」

「使えるもんは使うのが人間だな、どっちにしろ」

「まあ、つまり、当時は大量に作られていた日用品で、腕時計に取って代わられた為に、未だに綺《き》麗《れい》な状態でひょこっと出てきたりする。総務の初後さんにお願いして購入金額を確認してもらっているけど、総額で十万円は超えないかな」

「ひったくりが現金で十万奪ったと言うと結構な額なんだが……」

アンティークの罠《わな》だ。鑑定価格はピンキリで天井は億単位に至るから、比較的安価に思えてしまう。

「どれもポケットに入るサイズなのが厄介だな」

「あと、参考程度に聞いて欲しい。いい？」

陽人の傾けた視線が憂いを帯びる。

「片耳で聞く」

「ありがとう。七番収蔵室の小物棚、装飾品を包む布の数が合わない」

「複数の品を纏《まと》めて包んで保管してた？」

「そうだとすると、杜撰《ずさん》な管理と言わざるを得ない。稀少性に鑑定額、保管状態を見ても、リスクを冒して盗む理由を金銭目的とするのは不自然だね」

『館長だよ』

匡士の脳裏に砂良の声が甦《よみがえ》る。

『あの人、前から暇さえあれば七番に出入りしてただろ』

限られた情報で思考を偏らせてはいけないが、三課で受け持つ多くの事件とは一線を画する異常性を感じる。

大きく頭を振ると、匡士の身体がふらりと前方に倒れた。

「先輩、大丈夫？　昨夜から寝不足でしょう」

「陽人もずっと立ちっ放しだろ。一旦《いったん》、その辺に座ろう」

匡士は奇妙な銅像の傍に設置された奇妙な椅子に腰かけようとした。

「ん？」

奇妙過ぎる。

空足を踏んだ匡士に、陽人がクスと笑って言った。

「テタテット」

「躓《つまず》いた足音か？」

「日本語名は密談椅子。二人で互い違いに座って内緒話をする椅子だよ」

陽人が白手袋の指先で宙にSの字を書く。

真上から見たら肘《ひじ》置きがそう見えるのだろう。

二つの椅子を逆向きに隣り合わせて、それぞれの内側に来る肘置きを融合させたような構造をしている。背凭《せもた》れと一体化した肘置きと六本の脚は艶《つや》出しを塗った木製で、座面は花柄刺繍《ししゅう》の布張りだ。

密談椅子とは。今の匡士と陽人には打って付けの家具に思えたが、設置場所に問題があった。

「一人しか座れないな」

匡士は密談椅子の前で立ち尽くした。椅子と壁の間が狭く、こちら側を向いている片方にしか座れない。

「先輩。　展示物に座る人いる？」

「展示物か？　そこの窓から陽が差して当たるだろ」

密談椅子の目と鼻の先に縦長の窓があり、森の緑がよく見える。

陽人はしゃがんで密談椅子を見つめながら、脚に付いた幾つかの傷を指差した。

「レプリカの可能性はあるけど、アンティークは何も全てが美術品扱いされるとは限らない。古道具も作られた当時はピカピカの新作だ」

　そうして生きた百年が稀少価値となるのではないか。要点を摑《つか》めない匡士に、陽人が笑みを和らげる。

「日常使いされながら現役で未来に受け継がれるアンティークもある。そういう時は、敢《あ》えて傷や色落ちを厭《いと》わず、使用感も美しさであり文化と捉えられるよ」

「だったら座らせろよ」

「ふふ。そうだね」

　陽人はリストを匡士に渡して、タータンチェック柄のズボンの後ろポケットからスマートフォンを取り出した。

「海星に見せてあげてもいい？」

　展示室以外の撮影は黒川の許可がある。周りに人気《ひとけ》もない。

　匡士は手の平を振って容認し、リストの紙を筒状に丸めて肩に当てた。

　陽人がスマートフォンを操作する。メッセージの送受信を経て、ビデオ通話の画面に海星が映った。

「おう、海星」

　陽人の肩越しに手を掲げてみせた匡士に、海星の表情が仏頂面を極める。

「もくもくさん、邪魔」

相変わらずの塩対応だ。

「こら、海星。誰に対しても敬意だよ」

お、と匡士は思った。自他共に認める兄馬鹿の陽人が、海星の匡士への態度を窘《たしな》めるのは初めてに近い。匡士との親密さ故の気楽さではあったが、それ以上に海星が外界と関わっていく準備のようで、慣れない注意も微笑ましい。

「にやけ顔が不審。もくもくさん、兄さんから離れて」

「お前なあ」

「警戒心は大切だね」

弟も兄も駆け出しだ。匡士は寛大な心を見せ付ける気持ちでカメラから離れた。

「建物を見せようと思ったら、ホールにお洒落《しゃれ》なテタテットがあったんだ。レプリカかもしれないけど、デザインも加工も見事だよ」

陽人が外カメラに切り替えて密談椅子を中央に映す。

小さく息を呑《の》む音が聞こえた。

「いる」

海星が呟《つぶや》く。

「妖精《ようせい》が座っている」

「どっち側に？」

「手前、窓を背にした方。でも、俺の目が奇妙《おか》しいのかな」

ではなかった。

妖精を見る視覚は人類の一般技能とは異なる。だが、海星の疑心は見える事に対して
「妖精が横を向いているんだ。身体を捻《ひね》って、手を口元に添えて、もうひとつの座席の方に内緒話をしている。なのに、そこにいるはずの相手が見えない」

「隣の彫像の妖精に話しかけているのでは？」

「そっちの彫像は新しい。スライムみたいな小さいのが頭の上で寝ているだけ」

「相手が不在の密談……」

妖精は虚空に何を語るというのか。

三人で首を傾げた時、階段の下から張り詰めた尖《とが》り声が飛んだ。

「キキ、戻れ」

匡士が数歩退《さ》がって見ると、黒川が一階に続く踊り場で怖い顔をしている。

「すまん。少し待っててくれ」

「行ってらっしゃい」

陽人は陽人で、海星との話が長引きそうだ。匡士は二人を置いて、階段の途中から早足になった。近付くにつれて、黒川の恐ろしい形相が見えてきたからである。

彼女は折り曲げた腕を腰回りで重ね、右手の人差し指で苛立《いらだ》たしげに肘を叩《たた》いた。

「また盗まれた」

予想だにしない一言に、匡士の思考が白飛びしそうになった。

「何処で、いつです？」

「七番収蔵室だ。雨宮骨董《こっとう》店が収蔵室を出てから、館長を連れて戻るまでの間。警察官がドア前に立っている監視状態の中で同じ棚がまた荒らされた」

「館長の動きは？」

「見張らないと思うか。現場検証で一緒に収蔵室に入って発覚、大騒ぎだ」

溜息《ためいき》を吐く黒川のスーツの袖《そで》が皺《しわ》を寄せて引き攣《つ》れている。館長を連れ出すのは力尽《ちからず》くだった事が見て取れた。

「人員を集めて館内捜索を行う。雨宮骨董店には悪いが、先刻《もっ》を以て建物は完全に閉鎖した。待機を頼んでキキも一階に集合しろ」

黒川が踊り場から階下へ引き返していく。

果たして、建物を閉鎖して意味があるのか。犯人は窓のない、外に見張りが立つ収蔵室から二度も保管物を盗み出して逃げ果《おお》せている。

密室の窃盗。

「怪盗かよ」

匡士は右頬を舌打ちの形に歪《ゆが》め、階段を二つ飛ばしで駆け上がった。

5

七番収蔵室前が刑事と警察官でごった返している。

これが映画なら怪盗が変装をして紛れ込み、まんまと包囲網を掻《か》い潜《くぐ》る場面だ。

「三課は中で先に打ち合わせる」

黒川が進むとモーゼの『十戒』の様に人波が割れる。匡士は上司の恩恵に与《あずか》って苦もなく七番収蔵室に辿《たど》り着いた。

室内には三課の同僚が五人、集合していた。フルメンバーは七人いるが、夜勤の二人を超過労働させるほど警察は鬼ではない。

「課長、揃いました」

黒川が踵《かかと》を揃えると、スニーカーの靴底がキュッと鳴った。

課長のへの字口が口角を上げて開かれる。

「無秩序に探しても意味ないから、我々で五班に分かれて各エリアで陣頭指揮を取りますよっと。持ち場を確認して一班から時間差で出発するように。数字は黒川君が割り振ってくれたから『一班さーん!』って言えば付いてきてくれるよね」

「はい。全員に担当班の番号札を配布済みです」

「今日もいい仕事するねえ」

一見、誰より平々凡々な中年男性の課長だが、時々口調に面妖な音色を伴う。噂によると若い頃、クラブに通い詰めていた名残らしい。

「じゃあ、一班出発。蟻の子一匹見逃さないように」

課長が急《せ》かすように手を叩く。

「キキも確認しておけ」

黒川が匡士に館内地図と名簿を差し出した。匡士の担当は四班、出発まで十五分は待機だ。外の状態を考えるにそれ以上掛かるだろう。

匡士は振り返り、七番収蔵室を一望した。

四畳半の四角い部屋だ。扉を避けて四面に棚が作り付けられ、トレイの様な蓋《ふた》のない木箱が各段に収められている。

監視カメラはなし。

天井に空調の吹き出し口、扉の対面の壁端に換気口がある。空調は二十四時間稼働して温度と湿度を保っており、今も仄《ほの》かに暖かい。風が強く吹くと換気口のカバーが震えたが、外れたとしても人が通るのは到底無理な狭さだ。

扉は外開きで、内側に隠れる事は出来ない。部屋の中央に木箱が鎮座しているが、身を屈《かが》めて警備員と対角に動けば死角を突くには小さいだろうか。

「モトキ君」

この課は誰一人、匡士の名を正しく覚えていない。

匡士は木箱の陰から立ち上がって課長に応《こた》えた。

「はい」

「君、待ってる間に雨宮骨董店さんを帰して差し上げて」

「いいんですか？」

美術館は封鎖されたと聞いている。

課長がいやいやと頭を回して、腕時計を見た。

「容疑から外れてる人でしょうよ。高級品を扱うのって肝が冷えるから、信用出来る知り合いに入ってもらえると大変助かります。いつもありがとサンチュはエゴマの葉って言っておいてね」

「……おれなりに伝えます」

匡士は要点だけを記憶しておいた。

廊下ではまだ一班が人員の確認に手間取っている。警察官だけあって例外なく体格が良い。隙間を縫うのも一苦労だ。黒川のオーラが羨《うらや》ましい。

匡士がどうにかこうにか階段まで辿り着き、二階に戻ると、陽人がスマートフォンに話しかけながらホールを歩き回っていた。

「勝手に動かせないよ。館長に許可をもらわないと」

陽人が頼りなげに迷いを口にする。

「何て説明するの？」

海星の拗《す》ねたような物言いで、これが何度目かの問答だと察せられる。

「うーん、とりあえず日を改めて理由を考えて」

「今しかない。もくもくさんが帰って来る前に戻せば大丈夫」

「おれが何だって？」

匡士が満を持して会話に加わると、画面の海星はむしろ平然として、陽人の方が申し訳なさそうに眉《まゆ》を下げた。

「妖精《ようせい》が空席に話しかけるのは、座れない置き方に抗議しているのかもって」

「嫌味にしちゃあ、見せ付ける相手が不在だが」

アンティークに憑《つ》く妖精の姿は海星にしか見えない。

海星が毛布を自身に巻き付けて口元を埋《うず》める。

「二段棚の妖精も、ベルジェールの妖精も、アンティークの状態を伝えていた。抗議でないなら、寂しいのかもしれない」

誰にも気付かれないまま、自らの役目にひたすら忠実に、空虚に語りかけ続けていたというのか。

匡士は柄にもなく物悲しい気持ちになった。密談椅子が健気《けなげ》に見える。

「分かった」

「え、先輩？」

「座るなとは書いてない」

匡士は密談椅子に近付くと、靴を脱ぎ、足を持ち上げて背凭《せもた》れを跨《また》いだ。それから爪先《つまさき》立ちで体勢を調整し、窮屈な座面に三角座りをする。

膝《ひざ》を少し弛《ゆる》めると目の前の窓枠に足が当たった。

「どう？」

陽人が海星に尋ねる。

海星は唇を引いて、食い入るように画面に目を凝らしている。彼の涼やかな顔立ちが微《かす》かに温かな血色を帯びた。

「笑っている。もくもくさんの肘《ひじ》に手を掛けて、父親に甘える子供みたい」

「子供？　偏屈なおっさんで想像してた」

心臓を鷲摑《わしづか》みにされる感覚がする。匡士はもう暫《しば》く腰を据えて付き合う事にした。三班が出発し終えるまでまだ余裕はあるだろう。

「よかったね」

陽人が柔らかな微笑みを湛《たた》える。海星は素っ気なく横を向いたが、視線は画面から外れない。

冬の午後、ガラス越しの陽だまりは優しい。緩やかにカーブした背凭れが背中に馴染《なじ》み、窮屈さも味わい深く感じられてくる。

窓の外では森の緑がざわめき、風の寒さを視覚化する。左手にホールとL字形を成す外壁があり、窓のない壁面に換気口のフードが等間隔に並んでいた。

ついさっき似たような壁を見た――内側から。

「先輩、どうかした？」

「別に」

話すほどの事ではない。頭の隅に引っかかっただけに過ぎない。

匡士は課長に渡された館内マップを広げた。

二階ホールで東を向いて左側の一階。収蔵室がある位置だ。奥から四個目、七番収蔵室の換気口のフードを匡士が指差して数えた時、

「！」

フードの下で小さな翼が羽ばたく。美術館に着いた時にも見かけた、おそらく隣の森を塒《ねぐら》にする鳥だ。

一度はフードから落下しかけたそれは、茶色斑《まだ》らの翼を一心に動かして持ち直し、無事に森へと飛び立っていった。

「あ……あああ！」

「な、何？」

「もくもくさん、五月蠅《うるさ》い」

嘴《くちばし》に銜《くわ》えた滑らかな布がマントの様にひらりと躍った。

専門家の指導は捜査に必要不可欠である。

水中を捜索する際、協力者のダイバーが魚の様に泳ぐ一方で、不慣れな捜査員は水底の泥を巻き上げて視界を濁らせがちだという話は界隈《かいわい》で余りに有名だ。

＊

「スィーッ」

市内在住の野鳥の会会員が独特な吐息を漏らして沈黙を指揮する。

日を跨いでの捜索は捜査員の精神力を摩《す》り減らしたが、匡士を始め、全員が体力には自信がある。

中腰で枯葉をじわりと踏む。

人工の防風林だったのが不幸中の幸いで、捜索範囲は藤見《ふじみ》警察署の敷地より狭く、木々の密度は横浜《よこはま》駅の雑踏より疎《まば》らだ。

常緑樹の葉が重なり合い、枝が鳴り、陽光が瞬く。空に小鳥の囀《さえず》りが反響する。

協力者が白い手拭《てぬぐ》いを掲《かか》げた。

雀に似た尾の長い鳥が楢《なら》の木に舞い降りる。全員が身を伏せて根気良く待つ事四分、鳥が再び飛び立って、伸びやかな枝が眠るように静まり返った。

「今の内です」

協力者の指示に応えて、捜査員が長梯子《ながばしご》を担いで走る。上部を楢の木の幹に立てかけて、脚部を二人掛かりで固定する。

匡士は梯子の最上段に括《くく》り付けた命綱のカラビナをベルトに通し、一段ずつ確実に踏桟を上った。

幹から太い枝が張り、細い枝葉へと広がる。

その分岐の根元に枝を寄せ集めた鳥の巣があった。匡士は太い枝を選んで左手で摑み、身を乗り出して巣を覗《のぞ》いた。

巣を形作る枝にところどころ、縦に裂かれた布が絡まっている。自然光の中で見る色は、薄暗い収蔵室とは一致しない。

匡士は空の右手を伸ばして巣の中の異物を摘《つま》んだ。

銀色の短いチェーン。一端は鎖の輪が歪《ゆが》んで開いている。もう一端には馬を模《かたど》ったチャームがぶら下がっていた。

収蔵室の棚が防塵《ぼうじん》布で覆われる。

脚立を運び入れ、換気口の下に立てる。黒川は率先して工具を手に取ると、迷わず脚立を上った。

換気口のカバーにマイナスドライバーを差し込む。だが、力を籠《こ》める必要はない。

彼女が持ち手を軽く動かすと、最後のトドメを刺されたかのようにカバーが丸ごと外れて床に落ちる。途端に埃《ほこり》が噴き出して綿飴《わたあめ》の様に黒川の頭を包む。彼女はマスクと眼鏡で辛うじて難を逃れたが、下にいた捜査員達が煽《あお》りを喰《く》らって咳《せ》き込んだ。

留め具のネジは疾《と》うに緩んで落ち、カバーの上部が壁側の縁に引っかかっていたに過ぎない。でなければ、風が吹いたくらいで震えはしなかっただろう。

黒川は数度、瞬《まばた》きをして細かい塵《ちり》を振り払い、徐《おもむろ》に右腕を換気口に突き差す。蓋《ふた》だけに留《とど》まらず、内部のフィルターはボロボロ、井桁《いげた》は縁が外れて傾いている。黒川の白手袋の指先が何かに触れて、彼女は腕を引き戻した。

「懐中電灯を」

改めて狭いダクトを照らすと、網の裂け目に草臥《くたび》れた金属がしなだれかかっている。慎重に引っ張り出されたのは銀の鎖だ。上端には何かに取り付ける為の金具がある。反対側は装飾金具を経て三又に分かれていたが、一本は途中で切れて行方不明だ。

「館長を呼んでください」

黒川が憮然《ぶぜん》として足元の捜査員に要請する。

残った二本の先はそれぞれ、蹄鉄《ていてつ》と埒《らち》のチャームに彩られていた。

真犯人が天高く冬空に旋回した。

6

片手鍋《なべ》のスープをお玉で掻《か》き混ぜる。

鶏ガラと白出汁《だし》で玉蜀黍《とうもろこし》と玉ねぎに火を通し、水溶き片栗粉でとろみを付けてから溶き玉子を回し入れる。すぐに火を止めると、玉子がふわふわの帯状になって真っ白な湯気を立ち上らせた。

「上手なもんだなあ」

匡士が感心して三白眼を丸くすると、海星がお玉の柄を握り締めた。

「もくもくさん、あっち行って！　気が散る」

「先に言ってくれるか」

「むう」

子供みたいな理不尽を言って子供みたいに不貞腐《ふてくさ》れる海星の対処法は、触らぬ神に祟《たた》りなしだ。

今は多少の我儘《わがまま》も聞いてやろうという気持ちになる。

彼のお陰で、星辰美術館の事件は解決した。

密談椅子の妖精《ようせい》は窓の外を見せたかったのか、隣に座って欲しかっただけなのか、真意を聞き出す方法は海星にもないらしい。

だが、密談椅子に座る事で匡士は換気口から出てくる鳥を目撃する事が出来た。換気口のカバーがネジを失って戸と化していたのに加えて、老朽化でダクト内の網が破れてしまい、暖かい空気に釣られて入り込んだ鳥は巣作りの材料——則《すなわ》ち、装飾品の保管に使われていた布を持ち去った。

収蔵室の美術品に巣を作られなくて良かったとも言えるが、鳥の目的は布だった為に、肝心の装飾品をあちらこちらに放り捨てていたのには手を焼いた。捜索の甲斐《かい》あって回収は済んだものの、修復には骨が折れるだろう。

思えば、装飾品の数に対して布が少ないと陽人が言っていた。杜撰《ずさん》な管理に見えた状況も鳥が荒らした痕跡《こんせき》だったとは、匡士には想像が及ばなかった。

もし海星の能力を隠す必要がなければ、警察署から感謝状が贈られたに違いない。

(スープが不味《まず》かったら、せいぜい揶揄《からか》ってやるか)

匡士は階段上の三和土《たたき》で靴を履き、一階倉庫の開け放たれた扉をノックした。

雨宮骨董《こっとう》店の倉庫はテトリスの枠の中の様だ。一見雑然としているようで、様々な骨董品がその形状を活《い》かして場所を譲り合うように丁寧に保管されている。

「先輩も追い出されたの?」

陽人がハンディモップで背の高いキャビネットの複雑な細工を払う。

「鶴の機織りだ」

「未完成の段階を見せるのが恥ずかしい年頃ってあるよね」

「生まれてから一度も転ばずに歩けたら不気味だろ」

試行錯誤と失敗は人類の機能上、避けては通れない。善意の動機で最善を尽くすのに何を恥ずかしがる事があるのか。

「そういうとこ、先輩だなあ」

陽人が訳知り顔で笑って天井を仰いだ。真上の部屋では海星が今も鍋を相手に奮闘しているだろう。

匡士は頭の後ろで左右の手を組んで、肩甲骨を反らした。

「弟の成長は喜ばしいな、お兄ちゃん」

「うん」

陽人は素直だ。

「海星なりに外の世界と関わろうとしている。人の役に立ちたいと思い始めた成長と優しさが、兄として嬉《うれ》しい」

「外、ねえ……」

ゆるりと手を解《ほど》いて息を吸う。古い木の香りが鼻の奥に広がって、歴史ある図書館を彷彿《ほうふつ》とさせる。

ここに、話に聞くあの箱もあるのだろうか。

陽人が海星を見付けた時、彼は毛布に包《くる》まって箱形のチェストに入っていたという。雨宮家が保護して方々手を尽くしたが、行方不明者届などは出されておらず、海星の本名も帰る場所も未《いま》だに分からない。

売り物のアンティークに潜り込んだまま誰にも気付かれなかったのか、何者かが意図的に彼を置き去りにしたのか。雨宮家の両親も兄も、海星を心から迎え入れている事は伝わるが、当人さえいつまでも知らないままで良いのかと思いもする。匡士が刑事になった所為《せい》だろうか。

海星には謎が多い。

発見された時、一般的な二歳児と比べて免疫抗体が極端に少なかった事。彼が今でも家から出られない原因だ。

それから、物に憑《つ》く妖精が見える事。

生まれが分かればより効果的な対処法が得られるかもしれない。いっそ、物知りの妖精達にでも聞けないものか。

「有りだ」

匡士は閃《ひらめ》いて眉《まゆ》と瞼《まぶた》を持ち上げた。

陽人が身体ごと振り向く。匡士は上体を捻《ひね》って無人の廊下を確認し、倉庫に入って後ろ手で扉を閉めた。

「密談椅子の妖精は空席に人を座らせたがった。窓から見える犯人を教える為に」

「断言は出来ないかな。誰かに座って欲しかっただけかも」

「それでいい」

妖精は個々の意思を持って、人間を認識している事になる。

匡士は前のめりになる自身を抑えて、留めた両手で空を握り込んだ。

「箱の妖精に聞けば、海星の素性に関して何か情報を得られるんじゃないか？」

何故、今まで思い付かなかったのだろう。

匡士が考えるくらいだ。

彼の何倍も海星を想っている陽人が思い付かないはずがなかった。

「海星が入っていたチェストに妖精はいなかった」

寂しげな声で、陽人の微笑みが微《かす》かに遠のく。

「いない？」

「本人はそう言っている。小さい頃にね、『ここにはぼくしかいない』って」

海星しか。

匡士は頭を振って、脳裏に過《よぎ》った突飛な考えを振り払った。

骨董品に囲まれた時の狭間《はざま》の倉庫に、スマートフォンの着信音が鳴る。陽人は画面を確認してチャット画面をこちらに向けて見せた。

「スープが完成したみたい。先輩も食べて行くでしょ？」

「……ふ」

匡士は拳《こぶし》を弛《ゆる》めて、腕組みをしながら不敵な笑みを浮かべた。

「おれの舌を唸《うな》らせる事が出来るかな？」

「変なキャラ出さないで。スープ食べながら笑っちゃう」

「噎《む》せずに完食する事が出来るかな？」

「目的変わった」

陽人が破顔して屈託なく笑う。

彼らがいつまでも笑顔でいてくれたらいい。

匡士は気がかりが取り巻く心の真ん中だけを残して、重い倉庫の扉を開けた。

第二話

隠れ鬼のキャビネット

1

仔犬《こいぬ》の甲高い鳴き声が間近で聞こえて、海星はリビングの窓を開けた。

隣家は左右共、縦長の敷地を建物により広く活用している。雨宮骨董店は通りからの奥行きを短く抑え、その分、狭いながら裏庭が確保されていた。

裏口の風除室はサンルームを兼ねており、二台のベッドチェアが暖かな日差しを浴びて寛《くつろ》いでいる。両親が在宅中は洗濯物に占領されがちだが、陽人は乾燥まで洗濯機で済ませるのでここのところはずっと長閑《のどか》な日なただ。

楽しげに仔犬が鳴く。

白と黒のボストンテリアが、スキニーパンツの長い脚に纏《まと》わり付いている。ダッドスニーカーが仔犬を踏まないように歩を選んで土を踏む。薄手のダウンジャケットがはだけて見えたトレーナーは上品な青灰色で、カジュアルさを軽減させる。

全体的にも落ち着いたトーンの着合わせは、幅広い年齢層の場にも悪目立ちせず溶け込んだ事だろう。

「君のお家《うち》にお帰り。飼い主さんが待っているよ」

動物にも紳士的に語りかける陽人だ。海星が特に考えもなく眺めていると、陽人が視線に気付いて、前髪を直す手で気恥ずかしそうに顔を隠した。

小型犬は行動範囲が狭い。飼い主も近くにいるはずだ。

海星はリビングの窓辺を離れて自室に戻り、縦長の窓から表通りを見下ろした。石畳の小径《こみち》に並ぶ建物は欧州に多いフラット建築で、パターン化された視界は遠くまで通りやすい。

平日午後、店を訪れる人は減り、帰路に就く人はまだいない。屋根の上の空は青いのに、通りに差す陽は傾いて一足早く橙色《だいだいいろ》を帯びる。

通りを歩く疎《まば》らな人の中に、目的地のない足取りが迷い込んでいる。

スポーツウェアで全身を固めて、七三に分けた髪に整髪料のてかりはない。夕暮れの影が本体をも長身に見せる。手には小さなバッグと巻取り式のリードを持ち、北へ南へと視線をばら撒《ま》いた。

「リムちゃん。シュークリームちゃん」

可愛らしい呼び名に不似合いな低音の声は舞台俳優の様で、腹の底から石畳に響く。

海星は窓を閉めてリビングに取って返した。

「兄さん」

裏庭では陽人がボストンテリアにまだ手こずっている。

「海星。ただいま」

「その犬の飼い主、表の通りで捜しているよ」

「本当？」

陽人が遠目にも分かるほど顔を輝かせて、トートバッグをサンルームに放り込むと、仔犬を両腕に抱え上げた。

「荷物に触らないで。この子に接したと思うから」

過保護だが必要な注意を受けて、海星は親指と人差し指で円を作って応《こた》えた。

犬に限らず、動物は海星と相容《あいい》れない。それぞれ独自の生体機能を持ち、アレルゲンや菌、微生物を保有している為だ。

有名どころで言えば狐だろう。

狐はエキノコックスと呼ばれる寄生虫に感染する。狐自体には殆《ほとん》ど症状が発現しないが、狐やその糞《ふん》から虫卵の付着した山菜などを通して人間の体内に入ると、十数年を経て肝機能障害を引き起こす。

犬は室内飼いで共に暮らす人も多く、危険度の低い動物と言える。それでも厳重な注意が必要なのは、海星の方に理由があった。

海星は保有する抗体の種類が少ないらしい。

雨宮家に引き取られて、何度か検査を受ける内に判明した事だ。子供は生まれてから自然感染や予防接種によって免疫を獲得していく。海星はそれが極端に少ない。簡単に言えば、体内に病気の原因となる菌やウイルスが入り込んだ時に、自己治癒する力がないという事だ。

だから、海星は犬に触れない。家の外にも出られない。

(何も出来ないと思っていた)

箱の中でしか生きられない自分に、死を待つ以外の何が出来るというのか。

(あったんだ。出来る事)

海星は階段を下りて廊下の終わりの引き戸をずらし、その奥にある隠し扉を開いた。

照明の消えた薄暗がりに様々な骨董品《こっとう》がひっそりと佇《たたず》んでいる。無人の店内で動くのは柱時計の針のみ、に見えるだろう。海星以外には。

翅《はね》のある小人。鬣《たてがみ》を持つリス。ボヘミアガラスの壺《つぼ》に白い蛇が巻き付き、絡繰《からくり》人形の台座を海面にして泳ぐ鯨が潮を吹く。

アンティークに寄り添う妖精《ようせい》だ。

雨宮骨董店で目を覚ました時から見えていた。二歳の記憶は朧《おぼろ》げで、それより前の事は覚えていないが、気付いた時には妖精は常に傍に在るモノだった。

燭台《しょくだい》の妖精が不機嫌そうに咳《せき》をする。海星が作業台に腕を伸ばしてクロスを取り、燭台の埃《ほこり》を払うと、妖精は満面の笑みを浮かべて燭台と腕を組む。

(この力は役に立つ)

海星は前髪の下で瞳《ひとみ》を閉じた。瞼《まぶた》がじわりと温かく感じる。代わりに頸《うなじ》が風に吹かれたように寒くなって、海星はパーカーのフードを目深にかぶった。

「ただいま」

陽人の声がする。彼の足音が階段を上り、ややあって再び下りて来た。

「海星、ただいま?」

本棚を開いた陽人が、海星を見て相好を崩す。

海星はオーク材のスツールに浅く腰かけ、無愛想に応えた。

「おかえり」

「飼い主さんが見付かった。ありがとう」

礼を言われるほどの事はしていない。海星は会話を飛ばした。

「検定、受かった?」

今日はアンティーク検定に行ったと聞いている。検定というからには漢字や英語の様に等級が得られるのだろう。

ところが、陽人は答えに悩むような空白を置いた。

「言い難《にく》いなら別に……」

「そんな事はないよ。話す順番に迷って」

「検定がダメだったら鑑定出来なくなるとか?」

考え得る中の最悪を危惧《きぐ》した海星に、陽人が一寸《ちょっと》驚いた顔で、ないないと首を振った。

「アンティークディーラーをするのに資格は要らない。鑑定は自由意思。売買を行う古物商も定住所があって、前科がなくて、二万円くらい払えばなれる」

「そう言えば、前に聞いた気がする」

「うん。各国の美術協会とかディーラー協会が入会条件を定めたり、和骨董の様に徒弟制度を設けたりする事はあるけれど、勝手に名乗っても違法ではないね」

「それじゃあ、どうして検定なんか受けるの?」

「……趣味?」

「…………」

お巫山戯《ふざけ》のお座なりな返答に聞こえる。兄らしからぬと分かっていてもだ。

海星が鼻白むのを耐えられず瞼を半眼に緩めると、陽人が慌てて言葉を重ねた。

「漢検だって、受けなくても漢字を書く資格がないとは言われないだろう? けれど全くの無駄でもなく、採用の後押しになる職場もある。それと一緒」

「ふーん」

「あと、僕が行ってきたのはアンティーク検定の講習会。新しい知識を得られるし、同じ道の人達とも知り合えるのも有り難いな」

のんびり屋の陽人が言うと「お友達が増えて嬉《うれ》しい」くらいに聞こえるが、その実態はもっと現実的だ。

ディーラーは情報と人脈が鍵《かぎ》となる。

アンティーク鑑定は百年以上を遡《さかのぼ》る歴史の解読だ。鑑定方法は日々、進化しており、研究者による新説の提唱も尽きる事はない。

また、世界情勢に左右される分野でもあり、世界の流行や国民性に由来する嗜好《しこう》傾向、外交は貿易に著しい影響を及ぼし、紛争は兆しだけでも市場を大きく揺るがす。

つまり、陽人の参加した講習会はサロンで開かれる勉強会と同義と言えた。

「骨董品は何も変わっていないのに価値が変わるなんて、妙な話だよね」

「人が関わる物は何でもそうじゃない？　骨董を投資に使う人もいるんでしょ」

「そうだね」

陽人が少し寂しそうに微笑む。

海星は当然の事だと思う。陽人という人間でも、息子、兄、友人、知人と相手によって認識は異なり、この先も恋人、伴侶《はんりょ》、父親、祖父と役割を増やすかもしれない。彼を人生に不要とする人もいるだろう。

「大体、要らなくなった人がいるから骨董商が成り立つんじゃないの」

「海星は鋭いなあ」

陽人が核心を突かれたとばかりに胸を押さえて、反対の手で机の抽斗《ひきだし》を開ける。彼は青いファイルを取り出して、パラパラとページを捲《めく》った。

「さっきもちょうど鑑定の相談があってね。あの犬の飼い主さん」

「ああ」

海星は上から見た男性の姿をいい加減に思い出した。雨宮家の父より年嵩《としかさ》だった気がする。スポーツウェアで荷物は少なく、徒歩で移動していたから自宅は近いのだろう。港町という土地柄、先祖が入手した輸入品を眠らせている家は多い。

「鑑定依頼をしたくて、犬の散歩がてら下見に来たそうだよ」

「実物は持ってなかったの？」

「バッグに入る大きさではなさそう」

陽人が付箋《ふせん》を一枚ファイルに貼り、日付を書き込む。

「何？」

海星は尋ねたが、声音が輝きを忍ばせているのは分かっていた。

ファイルが閉じられた風圧で陽人の前髪が舞う。

「食器棚。中身も入ったままの大きなキャビネットだって」

キラキラ、喜色に満ちた瞳から、星の瞬く音が聞こえてくるようだった。

自分も。

彼の様に。

役に。

「兄さん」

海星は腹筋に力を入れてスツールから立ち上がった。

2

行きたい、と駄々を捏《こ》ねたところで叶《かな》わない。全身完全防備の宇宙服を着て、酸素ボンベと水のタンクを背負えば何とかなるだろうか。到底、現実的ではないだろう。

海星は制服のシャツに陽人のネクタイを着けて黒いパーカーを羽織った。机にタブレットをセットして、椅子に座る。レンズを抜いた眼鏡を掛けたのは気休めだ。

「リモートアドバイザーです」

陽人の紹介に、画面の男性は微《かす》かに戸惑いを過《よぎ》らせたが、すぐに実直そうな眼差《まなざ》しを返した。

教科書に載っている偉人にも並び立つ厳粛な風貌《ふうぼう》だ。短く切った白髪を七三分けに整えて、白い眉《まゆ》は凜《り》々しく強い印象を与える。高い鼻と口髭《くちひげ》がこだわりを感じさせたが、三つ揃いのスーツとネクタイの色は無難な灰色系で纏《まと》められていた。

年齢は行って七十歳だろうか。態度に偉ぶったところはなく、男性は皺《しわ》の硬そうな手を丁寧に膝《ひざ》に置いた。

「高野《たかの》と申します。本日はよろしくお願い致します」

本心か年の功かは当人のみぞ知るだ。

「よ……しくお……しぁす」

緊張で声が上手《うま》く出なかった。回線のラグと思ってもらいたい。

海星が素知らぬ顔を保っていると、高野は挨拶《あいさつ》だけで彼の話題に留《とど》まらず、ティーカップを手に取った。

金縁を施した薄緑色の陶器だ。反って広がるフォルムは美しいが、新しい物らしい。妖精《ようせい》はいない。

高野が背を預けるソファはエレガントな濃紫色、ダマスク模様の壁紙に、透かし彫りの入ったペディメントを冠するカップボードも高級感のある現代の作品である。骨董《こっとう》品を日用使いしない方針らしい。だが、家自体はルイ十四世様式の邸館で、大きな窓を備えた客間は多くの洋館の常に反して開放的な印象さえ与えた。

「確認させて頂きます」

画面が陽人の方を向く。スマートフォンが膝に置かれたらしい、彼の顎《あご》と天井のシャンデリアが映った。

「御依頼頂いた食器棚ですが、鑑定のみでよろしいですか？」

「うむ。いいだろうか」

「承りました。今回は棚の中にも小物が入っているとの事ですが、そちらの鑑定は如何《いかが》なさいますか？」

「纏めて頼めるのかね？」

高野の声が不思議そうに語尾を上げる。

陽人が鞄《かばん》を探り、クリアファイルから紙を一枚引き出して高野の方に置いた。

「鑑定料は一点ごとになります。当店では口頭鑑定で千円、科学鑑定などが必要になった場合は追加で経費の負担をお願いしています」

紙を手に取った音がする。

「思っていたより随分と安いのだな、鑑定というのは」

「残念ながら、贋作《がんさく》や複製品もありますので」

「偽物だと言われる為に高額の出費をさせられては泣きっ面に蜂だが、鑑定士の君には関わりのない事だろう」

高野が不服そうに唸《うな》る。陽人はいつでも笑顔だ。

「鑑定証書は証書作成費に二万円前後を頂いております。料金は鑑定士で異なりますので、調べて選んで頂くのが丸いかなと思います」

「鑑定したからにはうちで作ってくださいとは言わないのかね」

「真贋を見立てる鑑定士が虚偽の情報をお伝えする訳にはいきません」

「ふむ、説得力がなくなるな」

高野は鼻で笑って面白がる様子だ。

「ですから、本音でお話しさせて頂きます。棚の類《たぐ》いには持ち主も知らない逸品が収納されている事があります。鑑定の御意向をお持ちでしたら一括で扱わせて頂けると嬉しいです」

「全部、ガラクタかもしれないが？」

「それを知る為の鑑定ですから。よろしければ、食器棚、収納物、全て込みで一万円でお引き受けします」

海星は声を出しそうになって咄嗟《とっさ》にミュートボタンを押した。陽人はいつもこんな破格の提案をしているのか。

高野も驚きを通り越して呆気《あっけ》に取られている。

「皿だけでも十枚以上ある。大損だ」

「あれ？　本当ですね。何と言うのでしたか、カトラリーを数えるみたいな」

「どんぶり勘定かね」

「食器だけに」

「若者が自分を安売りするのは感心しないがね」

ゆったりと会話を交わす二人の空気はアフタヌーンティーの風情だ。

呆《あき》れ顔の海星に、陽人が少し画面を見て眦《まなじり》を下げた。

「両親の方針なのです。『鑑定の敷居は低く』。まず人の目に触れなければ、真も贋もありませんから」

「鑑定士さんのお名前でなく、骨董店の名で勧められた理由が理解出来た」

高野が声音を緩めた。

「しかし、鑑定は食器棚だけで結構。感謝と敬意を持って君に頼みます」

陽人がお辞儀をしたので、海星も見えないながら頭を下げておいた。

「畏《かしこ》まりました」

「せめて現物を見てから言えばいいのに」

「その手があった」

陽人の同意は海星のぼやきを聞き流すも同然である。温厚で優しい兄は、頼まれた事を基本的に断らない人の善さと、請け負った事は最後までやり通す意志の強さを併せ持っていた。悪者に付け込まれた時に最悪のコンボを引き起こしかねない。

海星は密《ひそ》かに両拳《りょうこぶし》を固めた。

兄が騙《だま》されないように自分が見抜けばいい。依頼人の悪意も、鑑定対象の性質も。

「この上です」

高野が階段を上っていく。行き着いた先は短い廊下で、窓がなく、戸は突き当たりに一枚しかない。水平方向の桟に縦板を並べて張った舞良戸《まいらど》だ。

「埃《ほこり》っぽいのでマスクをどうぞ」

「お気遣い感謝します」

陽人が白いマスクと手袋を着用する。

引き戸が開かれる。

食器棚は、客間の華やかさとは打って変わって簡素な屋根裏部屋に置かれていた。

斜めの天井に剝《む》き出しの梁《はり》の下、白い布の掛かった家具や葛籠《つづら》が無造作に仕舞われている。無造作と言ったのは、家具は辺の角度を揃えず、葛籠も方々を向いて雑に放り込まれたかのような有り様だからだ。

高野は鎧戸《よろいど》を開けて光を入れると、一際背の高い家具の布を取り払った。

大きな四つ扉の棚が現れた。

陽人の身長が百七十四センチだから、目測で棚は百八十センチ以上、ペディメントを入れてぎりぎり二メートルに届かない程度か。

上から三分の二の高さまであるガラス扉は幾何学模様の組子桟で、ガラス一枚辺りの大きさを抑えている。大きな一枚板のガラスを製造出来るようになったのは十九世紀頃らしく、それ以前は小さな板ガラスを寄せ集めて枠組みに嵌《は》め込む事で窓や扉のサイズを確保したそうだ。

ガラス扉の内側には五枚の棚板が固定されて、各段に模様入りの皿がディッシュスタンドで飾られている。

だが、食器棚と呼ぶには違和感があった。

「脚の部分が特徴的ですね」

陽人がガラス扉の下、三分の一にカメラを向ける。

アンティークに限らず現代の物でも、食器棚は下部が戸棚になっている事が多い。上部はガラス扉或《ある》いは戸、下部は木扉と分かれており、上には日常使いの食器、下には滅多に使わない食器や食材を収納するのが一般的だろう。

ところが、依頼品は脚元の戸棚がない。

上の四つ扉を基準に縦に割って、左右四分の一は木製のパネルが埋め込まれて把手《とって》がない。その内側に四段の小振りな抽斗《ひきだし》があり、中央部分には穴が空いている。穴の上部に位置する横長の抽斗が左右の抽斗の間を橋渡しする格好だ。

海星が知る物の中で似たものを探すと、ローマの水道橋の上にガラス扉の棚を載せたような形をしている。

食器棚の収納を減らしてパネルで埋めるのも、穴を空けるのも奇妙で、海星は理に適《かな》う意図が想像出来なかった。

「珍しいだろう？　トンネル付きの食器棚を見た事はあったかね」

高野が試すように言って口髭《くちひげ》を指先で撫《な》でる。

「食器棚では初めてです」

「ほっほ」

稀少《きしょう》性を喜ぶのはコレクターの常だ。高野も例外ではないようで、上機嫌に鼻を反らした。

「それでは。鑑定士君、アドバイザー君、よろしくお願いします」

「鑑定させて頂きます」

陽人が応《こた》えると、高野は満足そうに頷《うなず》いて屋根裏部屋を出て行った。

屋内にいながら森の中にいるような、自然と隣り合った印象を受けるのは、天井も壁も床も木材を打ち付けただけの素朴な造りの為だろう。

これだけの数があれば骨董品《こっとう》も複数あって、妖精《ようせい》達で騒がしくなりそうなものだが、布を被《かぶ》せられた家具は眠りに就いたように静寂を保っている。

依頼品はどうだろうか。

棚に飾られた皿もアンティークなら、妖精が犇《ひし》き合っていても奇妙《おか》しくない。

「仕事を始めるね。カメラはここに置くから、好きな時に見て、気になったらいつでも話しかけて大丈夫だよ」

陽人が棚から離れた場所に鞄を下ろし、スマートフォンを置く。映像が左斜めから棚を捉《とら》える画角で固定される。陽人が画面から外れたにも拘《かか》わらず、動き続ける影が海星の瞳《ひとみ》に映り込んだ。

「！」

海星は思わず息を止めて腰を浮かせた。

食器棚の脚元から現れた黒い影。ボロボロの黒いマントを纏《まと》ったそれは背中が大きく曲がって頭が前に突き出している。顔から突き出す鉤形《かぎがた》の輪郭は、鼻か、ペストマスクか、鳥の嘴《くちばし》か。よく見えないのは全身に深い真紅の液体を滴らせている所為《せい》だ。

右手に包丁を握り、左手で泥袋の様な物を引き摺る。

陽人が道具を揃えて棚の脚元にしゃがむ。

妖精が彼を見る。

一歩、歩くごとに妖精が一回り大きくなる。陽人の方へ、一歩、一歩。次第に体積を増した身体は人間と並ぶほどになり、左手に摑《つか》む物体の形が明確に見て取れた。

足首だ。革靴を履いた足が鷲摑《わしづか》みにされている。引き摺られている者のズボンとジャケットはデザインが古く、シャツ、ネクタイ共に特徴らしい特徴はない。

だが、帽子の形状は彼の素性を推測するのに充分だ。

黒光りする鍔《つば》を持った逆さ台形の帽子、警察の制服だ。歩を繰る弾みで捻《ねじ》れた腕が床に落ちると、頂点に球体を掲げる星のバッジが露出した。

「外国の警察」

掠《かす》れた声が海星の喉《のど》を熱くする。

黒いマントの人物は警官を引き摺って歩き、陽人の背後に立つと、徐《おもむろ》に右手のナイフを振り翳《かざ》した。

「兄さん！」

「え？」

陽人が顔を上げる。彼には見えていない。

黒いマントの人物は陽人の脳天目がけて勢いよくナイフを振り下ろした。

「そこで何をしてるんですか⁉」

女性の悲鳴混じりの声がスピーカーの音を反響させる。荒々しく戸が開かれる音がして、足音が飛び込んできたかと思うと、壮年の男性が陽人を羽交締めにした。

陽人に触れているという事は妖精ではない。現実の人間だ。

黒いマントの人物は彼らから離れると、後退《あとずさ》りする一歩ごとに小さくなって、食器棚のパネルに吸い込まれて消えた。

「お袋。警察に通報して」

男性ががっしりした体格の割に高い声を張り上げる。陽人が拘束されたまま両手を開いて挙げ、無抵抗の意思を示した。

「待って下さい。僕は鑑定依頼を受けた雨宮骨董店の者です」

「鑑定？　頼んでないわ」

「御家族間で情報共有に行き違いがあったのではないでしょうか。僕はお家《うち》の方に階下の客間でお茶を頂いて、ここまで案内して頂きました」

「馬鹿言わないで」

女性の声は憤りを吐き出して殆《ほとん》ど怒号に近い。

「その場凌《しの》ぎの嘘で打開出来ると思うな、このコソ泥。お袋、早く警察を」

「気を付けてね」

女性が階段を下りて行く。

「依頼書にサインと、鑑定料も前払いで頂いています」

「諦《あきら》めの悪い奴め」

男性は敵意を剝き出しで聞く耳を持たず、陽人の腕を厳重に固めた。

「うちは母、俺、娘、息子の四人家族だ。子供達は学校で、母は観劇、俺は会社にいた。全員、外出してたんだよ」

陽人が茫然《ぼうぜん》として、掲げた指先から意識が抜ける。

では、あの依頼人は何者だ。

海星は混乱を理性で押し潰《つぶ》して、電話のあるリビングに走った。

3

何も出来ずに待つ三十分は三時間にも感じられる。

次に海星の通話画面に顔を出したのは、仕事用のスーツに身を包んだ匡士だった。

「疑いは晴れたぞ、一応」

常日頃からのらりくらりとしている所為で、煮え切らない言い方が余計に薄ぼんやり霞《かす》んで聞こえる。

「ホラー映画のラストみたいな匂わせ、やめてくれない？」

「当事者不在の事件はこんなもんだ」

匡士により現実的な具体例を出されて、海星は黙る事しか出来なかった。

「ここの住人は家主の高野晴美《はるみ》、息子の十四夫《としお》、孫の怜《れい》と光美《こうみ》の四人で、謎の男を家族の誰も知らない。家に入った方法も不明。家具を鑑定させる目的なんか知る由もない」

その通りだ。陽人を知らない警察官が来ていれば現行犯逮捕待ったなしである。

「しかし、ここの家族もなあ」

匡士が含みのある独白を零《こぼ》す。

海星はそれを聞いて、彼の大きな身体と画面の縁の隙間に重厚なダマスク模様の壁紙が映り込んでいる事に思い至った。

「ここって、まだあの家にいるの？」

「それなー」

匡士が語尾を濁してカメラを上方へずらした。映ったのは屋根裏部屋に続く階段だ。

「鑑定料をもらってるんだから、鑑定をしてくれってさ」

「は？　図々《ずうずう》しい」

盗人猛々《ぬすっとたけだけ》しいと言うが、盗人の支払いで奉仕を受けようとする人は何なのか。

海星の率直な反応に、匡士が今更スマートフォンのスピーカー部分を押さえる。彼は精悍《せいかん》な顔を近付けて、涼しげな目元とは裏腹な顰《しか》め面をした。

「他人からすれば男の存在は陽人の狂言で、依頼書を捏《でっ》ち上げた不法侵入の線が断然、太いんだよ」

「俺も見た。古くさい紳士のおっさんだった」

「身内の証言は弱い。何なら、海星を証言者にする為の共犯者って事にも——」

「もくもくさん」

海星の声が無意識に低く冷たく凍る。

匡士がカメラを引いて頭《かぶり》を振った。

「おれじゃない。他人から見た話な」

「…………」

「だから、半ば交換条件みたいに『鑑定をすれば訴えない』って持ちかけて、陽人は陽人で不法侵入の容疑がなくても頼まれたら断らないだろ」

流石に匡士も憮然《ぶぜん》としている。

「屋根裏部屋の家具は死んだ祖父《じい》さんの遺品で、手に余ってたらしい。渡りに船って訳だ。この仕事をしてると人間は逞《たくま》しいと思わされる」

「待って。鑑定はいつから？」

一難去って、別の一難が海星の記憶の海から浮かび上がる。

棚に憑《つ》く暴力的な妖精を失念していた。

匡士が右肩を竦《すく》める。

「さっき上がって行ったところだ」

「すぐに追いかけて」

「どうした？　怖い顔して」

「早く」

海星は平静を求めて焦りを隠したが、匡士は察しが良い。彼は風の如く階段を駆け上がり、ものの三秒で屋根裏部屋に辿《たど》り着いた。

「陽人」

「兄さん」

海星は張り詰めた息を解いて吐いた。

「あ、連絡付いた？　よかった」

陽人が暢気《のんき》に手を振る。

窓から浅く差す陽光と梁《はり》に吊《つ》り下げたランタン型洋燈が温かな明かりを重ねる。

白い布を被《かぶ》った家具は絵本に描かれるお化けの様だが、決して動く事はない。唯一、カバーを取り外された棚は皿の枚数が減り始めている分、物寂しい佇《たたず》まいをしていた。

見回しても、妖精《ようせい》はいない。

何処へ行ってしまったのだろう。海星が試しにリビングに飾られたトゥリーンの犬形くるみ割りを見てみると、いつも通り、コロポックルに似た妖精が犬の頭の上で昼寝をしている。

海星が見えなくなったのではない。

「大丈夫か？」

「……何でもない」

匡士が陽人に聞こえないよう声を潜めてくれた事に心の中で感謝する。

彼は横目で棚の方を見てから、身体ごとそちらに向き直った。

「陽人。どんな具合だ？」

カメラが一緒に陽人の方へ移動する。

海星はソファに腰を落として足を引き上げ、抱えた膝《ひざ》にタブレットを立てかけた。

「とても綺麗《きれい》な棚だよ」

陽人が匡士とカメラを一瞥《いちべつ》してから、しなやかに腕を伸ばして二人の視線を上端の細工に誘導した。

「材質はマホガニー、手で切り出された木材だと思う。ペディメントはシンプルで、モールディングを施したコーニスが水平に走っているだけなのだけれど、一方で本来シンプルな物が多い脚元の方形台座に彫刻が施されている。離れてみて」

言葉通り、陽人が棚から退《さ》がる歩に合わせて匡士も距離を取った。

「上下で見比べるとコーニスと台座が対称になっているのが分かるでしょう？」

「珍しい？」

「あまり見ないね」

陽人は右の抽斗《ひきだし》を一段抜いて、側面を指でなぞった。

「抽斗には製造された年代を推測出来る手がかりが多い。パーツが壊れやすい箇所でもあるから、修繕痕《こん》には注意が必要だけれど、十八世紀の特徴が散見される」

「古いなあ」

匡士が右手に額を押し付ける。

「抽斗の側面に溝が掘られていたら十七世紀まで遡《さかのぼ》る。板と板の継ぎ部分が機械製だと十九世紀後半まで作れない」

「二十世紀の家具職人が十八世紀の構造を真似て手で作った可能性は？」

「あるよ、勿論《もちろん》」

匡士の意地悪な質問に、陽人はあっけらかんと答えた。

「先輩風に言うと、来歴が供述書で、実物の検分が裏付け捜査、関係者の証言と科学鑑定で事実固めをする」

「成程。情報不足や善意の偽証が捜査に影響するのか」

自分のフィールドに置き換えられた匡士は飲み込みが早い。

陽人が抽斗を棚に戻す。

「マホガニーが主流だったのは十八世紀中盤から十九世紀初頭。円花飾りの彫刻はネオクラシック様式で、真鍮《しんちゅう》製のスワンネックの把手《とって》とも張り出し型の上部飾りとも整合性が取れている。こびり付いた埃《ほこり》の黒ずみ方やガラスの濁り方に違和感もない。来歴に十八世紀イングランド製と書かれていれば、僕は同意のサインをする」

「差し詰め、今の状況は血に濡れたカボチャを持って歩く不審人物ってところだな。限りなく怪しいが職務質問止まりだ」

「比喩《ひゆ》が血生臭いなあ」

「先に言い出したのは誰だよ」

匡士に詰《なじ》られて、陽人が小さく手を掲げて答える。匡士が嘆息して肩を下げた。

「肝心の来歴は？」

「お祖父さんの遺品を捜してみるって」

「しかし、アンティークだったとして。他人の家の物を鑑定させる動機は？」

「んー？」

陽人は相槌《あいづち》を打つ以上の言葉が出てこない様子だ。悪人の動機を想像するには、兄の性格は優し過ぎる。

「鑑定してアンティークだったら盗む計画じゃないの」

海星が代わりに口を挟むと、画面が不規則にぶれた。

「空き巣目的はおれも妥当に思う。だが、わざわざデカい家具を盗むか？」

「一番、高そうだったとか……」

「前以《まえもっ》て家中を物色して、この棚に目を付けて、真贋《しんがん》を見分けてから実行に移す。説明は通るが、高価だと分かってたなら二度手間な気もするんだよな」

そこは海星も釈然としないところだ。大型家具を誰にも見られずに盗み出すのは至難の業である。

「窃盗犯でなく、鑑定と買い取りを依頼して金だけ持ち逃げする詐欺犯の線は？」

「鑑定だけで買い取りは頼まないと言っていたよ。ねえ、兄さん」

「え、うん」

陽人は春眠から目を覚ましたみたいに虚《うつ》ろの泡を割る。彼は改めてもう一度、首肯して、眼差《まなざ》しに知性を宿した。

「食器を盗んでネット取引に流す方が楽なのに、食器の鑑定は不要だと断られた」

「それだけ、その棚が桁違《けたちが》いに馬鹿高い？」

「大物の売買は足が付く。残念ながら盗品を扱う流通ルートは存在すると聞くけれど、普通のディーラーより信用が求められるはず」

「依頼人は裏世界の重鎮って事か？」

匡士が眉《まゆ》を顰《ひそ》めると、陽人は左右に首を振った。

「あの依頼人はアンティークにも棚にも詳しくなかった」

二人の予想の根底が揺らぐ。

「間違いないか？」

「鑑定料を聞いて『思っていたより安い』と驚くのは、常日頃アンティークに触れている人の発言ではない。あと、これを『食器棚』と呼んだから」

それの何が奇妙《おか》しいのだろう。

問いかけ方も思い付かない海星と匡士に、陽人は優しく眼差しを緩めた。

「脚部分にアーチ状の空洞があるでしょう？」

「眼鏡橋の橋脚に似てる」

「食器棚には不要な穴だよね」

「暖炉の外周を囲うには狭いよな」

匡士が頭を捻《ひね》る。海星は棚が置かれていた場所を想像した。

「作らせた人の家の壁に何かあって、特注で空けてもらったとか」

「えーと、多分これはね」

陽人は海星に答えながら再び棚に近付いて、穴の前にしゃがんだ。

黒い染みが浮かび上がるようだった。

左の脚部、埋め込みパネルの表面に滲《にじ》んだ黒い点がじわりじわりと直径を広げていく。

次第に歪《いびつ》に形を変えるそれがフードを被った頭だと分かる頃、頭頂部が角度を変えて、パネルから鼻から上だけを出した顔が、眼球の曲面が見えるほど目を剝《む》いた。

半分の頭が、陽人を睨《ね》め付けている。

海星は身体を強張《こわば》らせた。

「兄さん！　見られてる」

陽人が反応して身を翻した瞬間、
バタバタ、ドドドドと部屋の外からけたたましい音が轟《とどろ》いた。

「な、何？」

「おれが行く。ここから動くな」

スマートフォンを陽人に預けて、匡士が部屋を出る。閉まる戸の隙間から安否を気遣う声が聞こえたが、外に出ないよう言われたばかりだ。

何より、海星はそれどころではなかった。

棚が見えない。

「兄さん」

「大丈夫だよ、海星。本木先輩に任せよう」

「そうじゃない。棚は？」

「無事だけど」

海星の余裕のない物言いに、陽人が困惑しながら棚の方を映す。

陽人から充分に距離が取られた棚は泰然と鎮座して、妖精《ようせい》の姿は影も形もない。

「犯罪者の棚《キャビネット》」

妖精は骨董《こっとう》品の状態を反映する。

警察官を引き摺《ず》り、血塗《ちまみ》れでナイフを構えるそれは誰を映す鏡だろう。

(物には罪を犯せない。だとしたら、持ち主か、関わる誰かの？)

海星は画面に手を潜《くぐ》らせて、今すぐに陽人を連れ戻したかった。

＊

屋根裏部屋を飛び出して、匡士は階段の下り口に立った。

先程の轟音《ごうおん》は重い物が転がり落ちた音に違いない。匡士の予想通り、階段の下には十四夫が仰向《あおむ》けに倒れている。背中を強《したた》かに打ち付けたらしい。身体を丸める事も出来ないようだ。

「大丈夫ですか？」

匡士は二階まで下りて、彼に話しかけた。

「足を踏み外して」

十四夫の両手は後頭部の後ろで組まれ、咄嗟《とっさ》に頭を庇《かば》ったのだと分かる。

「特別に痛いところは？　吐き気はありますか？」

「腰を打っただけです。暫《しば》くこうしていれば治まります」

「分かりました。晴美さんを呼んできます」

匡士は不審に思いながら、膝《ひざ》を伸ばして階段を更に一階へ下った。

「大丈夫です。刑事さん、大丈夫ですから」

後ろで十四夫が引き止める。

屋根裏部屋にも聞こえた轟音だ。母親の晴美が真っ先に駆け付けていると思ったが、影も形も見えない。

応接間を覗《のぞ》き、ダイニングを捜し、トイレをノックして廊下を進む。キッチンにも彼女の姿はなかったが、対角の冷蔵庫と食器棚の間に別の廊下が続いているのが見えた。

匡士は身を屈《かが》めて暖簾《のれん》を潜り、キッチンを横切った。

表側の洋館とは異なる。壁が漆喰《しっくい》で塗り固められて狭い。板張りの天井を見上げると、元は七十センチ幅ほどの廊下だと分かるが、同じく板張りの床は半分が積み上げられた荷物で塞《ふさ》がって、体格の良い匡士でなくとも蟹《かに》歩きを強いられるだろう。

「晴美さん」

念の為、呼びかけると、奥から物音が聞こえる。

匡士は冷たい壁に背中を擦り付けて進んだ。

積み上げられた荷物は黄ばんだ段ボール箱に紐《ひも》で括《くく》られた本の山、日本人形を飾るガラスケースと、昭和の香りを感じさせる。

廊下をお仕舞いまで来ると、一枚だけの襖《ふすま》があった。

鼓膜を掻《か》く、衣擦《きぬず》れと荒々しく紙を捲《めく》る音。

「失礼します」

匡士は言い終わると同時に襖を開けた。

「きゃ！」

晴美が死人でも見たかのような顔で悲鳴を上げた。

四畳半の和室だ。正面と左手に障子窓があり、右手には和箪笥《わだんす》と金庫が並ぶ。床は紙が散乱して足の踏み場もなく、和箪笥から引き抜かれた抽斗《ひきだし》と晴美が蹲《うずくま》っている。

匡士の視力でも紙の詳細は見えないが、細かい文字と印章が確認出来た。

「あ……散らかっていて吃驚《びっくり》させたかしら。勢いで抽斗を放り上げてしまったんです。

お気になさらないで、刑事さん」

「捜し物ですか？」

「ええ、大した物ではないの」

晴美が愛想笑いを顔面に張り付かせる。目は笑っていない。

しかし、詮索《せんさく》も出来ない。

「十四夫さんが階段から落ちて、腰を痛めたようです」

「あの子が？」

晴美の膝からバサバサと書類が滑り落ちる。

「御本人は大丈夫だと言っていますが」

「行きましょう、刑事さん。さあさあ、急いで」

晴美が匡士の腕に両手を添えて廊下に押し戻す。この狭さですれ違うのは難しい。

（鑑定を盗み見る息子と、書類をひっくり返す母親。どうもキナ臭い）

不審ではあるが、否応《いやおう》なく、匡士は和室を後にした。

4

床に布を広げ、棚に飾られた皿を取り出して並べる。一枚ごとにクッションシートを切って挟み、柄が削れるのを保護する。陽人の作業は慎重で丁寧な分、時に遅々として終わりが見えない。

海星は固定されたスマートフォンのカメラ映像で棚を凝視した。

棚の妖精は影もなく姿を潜めている。

皿が取り除かれて棚が徐々に色味を暗くする。陽人が懸命に手を動かして漸《ようや》く半分を折り返した頃、入り口の引き戸が無造作に開かれた。

入って来たのは一人だけ。

「先輩、おかえり」

「おう」

匡士が応《こた》えて確実に戸を閉める。それからスマートフォンの前を通り過ぎて、陽人の右肩に右手を掛けた。

「見張られてたぞ」

「さっきの音？」

陽人が目を丸くする。が、寝耳に水という風ではない。

「海星に指摘されたのが聞こえて、慌てて逃げたんだろうな。階段から転げ落ちて、一階で休んでる」

「俺は」

言いかけて声が詰まる。海星は見張りがいる事には気付いていなかった。かと言って、妖精の真意も説明が出来ない。

「立ち会ってくれていいのに」

陽人が首を傾げると、匡士は腕を下ろして肩を竦《すく》めた。

「おれは署に戻る。もう大丈夫だろ」

「もくもくさん？」

海星は耳を疑った。と同時に、警察の目線で見れば、この家に居座る理由がない事にも思い至る。

「謎の依頼人の件は課で情報共有しとく」

「ありがとう。僕も何か分かったら連絡するね」

陽人も引き止めない。

「じゃあな、海星」

匡士はスマートフォンに挨拶《あいさつ》して、あっさりと出て行ってしまった。

予想外の離脱だ。

海星の胸の真ん中に穴が空いて、喪失感が真空の様に身体を内側から潰《つぶ》そうとする。手足が思うように言う事を聞かない。毛布をかき集めて吸い込んだ空気の匂いが古い記憶を引っ掻いて、海星を満たす嫌な血の流れの正体が不安だと思い出した。

「兄さん。今日は帰ったら？」

海星の進言に、陽人が棚から持ち上げた皿を置き直す。

「具合悪い？　ずっと通話をしていたものね」

「俺は全然平気だけど」

答えて、体調を理由に帰宅を求めた方が良かっただろうかと迷いが海星を突く。だが、鑑定に同席したいと望んだのは海星だ。陽人に負い目を持たせるのは違う。

「監視なんて、家の人によく思われていない証拠だよ。変に疑われたら損だ」

海星が思わず早口になるのを自制して言うと、陽人が見透かしたような優しい眼差《まなざ》しを向けた。

「留守の家に知らない人がいたのだから、見張っておきたい気持ちは解る。追い出されない事に感謝しないとね。お陰で鑑定を全う出来るのだから」

陽人が薔薇《ばら》柄の皿を両手で下ろす。

「人の持ち物を鑑定させるなんて不思議だねえ。真贋《しんがん》自体に意味があるのかな」

「何で？」

「例えば、賭《か》けをしたとか」

「所有者に無断で？」

「ふふ、面白いね」

陽人はいつも、笑い事でない時でも笑って受け入れてしまう。

「僕には分からない理由が、依頼人の『高野』さんにも、持ち主の高野さんにもあるんじゃないかな」

自分を騙《だま》した相手に。

自分を疑う相手に。

海星には理解出来ない。

「どうして優しくするの？　兄さんには何の見返りもないのに」

純真な兄に、穿《うが》った問いを投げかけた自分は意地が悪い。早くも後悔し始める海星にも、陽人は優しい眼差しを傾けた。

「アンティークの鑑定にいらっしゃる方は、多かれ少なかれ、人生の岐路に立っていると思う。鑑定結果で人生が変わるかもしれない。譲り受けた時に悲しい別れがあったかもしれない」

「……物は物だ。持ち主は関係ない」

「海星は物に誠実だね」

陽人が嬉《うれ》しそうに言うのが、海星には温かくて苦しい。

ガラス扉を閉めて、陽人が棚を見上げる。

「ディーラーが扱う歳月は過去だけではないんだよ。ずっと先の未来まで繋《つな》がる時間の流れの一部だから、大切にしたいと思う」

人に限らず、物に限らず、陽人は依頼人が犯罪者でも、骨董《こっとう》品が盗品でも素直に寄り添って、心を分け与えるのだろう。

（守らなくては）

海星はタブレットを持つ手に力を籠《こ》めた。

何故、妖精《ようせい》が見えるのか、海星自身も分からない。だが、使い道を知った。

（この力を役立てる）

アンティークが抱える謎を解き明かし、人間の利己的な嘘を見破る。陽人の様な善良な人間が贋《まが》い物の形骸《けいがい》に傷付けられる理不尽などあってはならない。

（俺がここにいる価値、ここに来た意味を）

その時、引き戸がノックされる。

「鑑定士さん、まだ掛かりそうですか？」

晴美が戸を開ける。後ろから十四夫が腰を摩《さす》りながら顔を出す。

「大凡《おおよそ》の見当は付きました。お見せしたいものがあります」

陽人が耳元に手を添えて、棚の脚元で膝《ひざ》を畳む。

瞬間、ずるり、と這《は》い出す黒い妖精。曲がった背中でマントをはためかせ、ナイフの刃《は》毀《こぼ》れから血を滴らせる。

妖精は陽人に切っ先を突き付けて、左手でマスクを外すと、鮫《さめ》と見紛《みまが》うほどの凶悪な前歯を剝《む》き出しにして晴美と十四夫を牽制《けんせい》した。

（二人は所有者なのに、何故？）

海星は焦る頭で思考を必死に回転させた。海星にとっては妖精も、晴美と十四夫も警戒すべき不審人物だ。

（急げ、早く、考えろ）

妖精が敵意を示すのは陽人だけだと思っていた。

所有者の許可なく近付いて、自分を売却しようとする人物と捉《とら》えれば、棚にとっては敵になる。しかし、所有者の二人への威嚇行動は平仄《ひょうそく》が合わない。

（所有者ではないのでは？）

ブラウザを開いて『高野晴美』で検索しても『十四夫』に書き換えても反応しない。代わりに『晴海《はるみ》』の代替検索結果が出て、東京都内、晴海の地図と説明文が表示された。

「あった」

海星の断続的だった思考回路が繋がり、脳の隅から隅まで電気を行き渡らせた。

「窃盗犯は貴方達《あなた》だ」

海星の声に、陽人が硬直する。

晴美と十四夫はきょとんとして互いに顔を見合わせた。

窓から差す陽が傾いて、光の先端が棚を掠《かす》めた。

「貴方達は、依頼人『高野』を空き巣だと言って兄を共犯者扱いした。確かに彼が家主だという証拠はない。でも、それは貴方達も同じ事では？」

「海星」

「……何を言っているんですか？」

「いえ」

訝《いぶか》る晴美に陽人が首を振って答えたが、誰にでも優しくする必要などない。赤の他人どころか、彼らは兄を利用しようと害意を抱く者だ。

三人と妖精が窺《うかが》い合って膠着《こうちゃく》する中、海星は淡々と話を続けた。

「棚の所有者は、貴方達のどちらでもない。詳細は明かせませんが根拠はあります」

晴美と十四夫は要領を得ない顔で空惚《そらとぼ》けているが、陽人には通じただろう。陽人が耳元に手を当てて俯《うつむ》く。

彼らが所有者でない前提で考えると、導き出される真実は非常に単純だ。

「本物の家主は依頼人の『高野』。貴方達は家主家族の振りをして、騒ぎ立てる事でまんまと入れ替わり、所有者の立場を乗っ取った」

その上、厚顔無恥にも陽人に鑑定をさせて犯罪の片棒を担がせようとした。

「子供がいると言ったのも口から出任せの設定でしかない。東京都中央《ちゅうおう》区晴海の郵便番号は一〇四の〇〇五三。十四〇、零、こうミ。あからさまな捏造《ねつぞう》です」

「鑑定士さん。何なんですか」

十四夫が苛立《いらだ》った厳しい口調で陽人を急き立てる。

ここまで来てはぐらかされるものか。

「家を捜索すれば、きっと監禁された『高野』が見付かる。もしかしたら、もう」

殺されているのかもしれない。

鎖骨の辺りで言葉が閊《つか》えて、海星は気管に乾いた風が通るのを感じた。

焦る余り、後先考えずに二人を追い込んだ。逆上した犯人が危害を加えるとしたら、通話のこちら側にいる海星ではない。現場の陽人である。

「警察には通報しました。大人しく出頭してください」

さもなくば退散でも構わない。

海星がソファから左足を下ろして家の電話に腕を伸ばそうとした時、タブレットのスピーカーから慌ただしい足音が響くのが聞こえた。

廊下を踏み鳴らして近付いてくる。

通報は海星のハッタリだ。警察は来ない。他にも仲間がいたのか。

「兄さん」

逃げて。

海星の懇願は間に合わなかった。

屋根裏部屋に駆け込んで来る。小学生の子供だ。茶色のフリンジワンピースを振り乱して、ツインテールの髪が慣性で前後する。

「ばーば！」

「怜ちゃん、おかえり。元気いっぱいねえ」

晴美が別人みたいに甘く相好を崩して少女の頭を撫《な》で回した。怜と呼ばれた少女は信頼し切った様子で晴美の腹に抱き付く。

「光美が大じーじのお部屋で紙ビリビリしてる」

「お祖父《じい》様の!?」

「お袋、紙って何？」

血相を変えた晴美に、十四夫が怯《ひる》んで恐るおそる尋ねる。

「鑑定士さんが、来歴があった方がよかろと思って捜してたんだよ。あそこには土地の権利書なんかもあるのに、大変だ」

晴美が怜を十四夫に託して、大慌てで走り出した。

「パパ。ばーば、光美を怒る？」

「いやあ、どうかなあ。鑑定士さん、すみません。ぼくも行ってきます」

「どうぞ」

十四夫は陽人に会釈をして、痛む腰を摩りながら屋根裏部屋を出て行った。

子供は存在した。

杜撰《ずさん》に思えたネーミングセンスも本気だと言われては反論し難い。

「じゃあ、あの人は……」

海星は何も考えられなくなって、茫然《ぼうぜん》とソファに座り込んだ。

画面の右側から陽人が左側へと渡る。彼は怜の前で膝を突くと、にこりと人畜無害の微笑みで挨拶《あいさつ》した。

「こんにちは、怜さん。僕はお祖母《ばあ》様に頼まれて家具を調べている鑑定士です」

「かんていしさん。こんにちは」

怜が行儀良くお辞儀をする。

「怜さんはこんなお髭《ひげ》のおじさんを知っていますか？」

陽人が人差し指を鼻の下に当てて口髭の形を作ってみせる。怜はすぐさま笑顔になってその場で飛び跳ねた。

「分かった！　おヒゲのおじじでしょ」

「親戚《しんせき》の人かな」

「ばーばのイトコだよ」

「あっ」

元気よく答えた彼女の後ろで、引き返して来たらしい十四夫が気まずそうに声を上げ、人差し指を鼻先に立てる。

「怜、来なさい。そ、それじゃあ、また後ほど」

十四夫が作り笑いを浮かべて部屋の外まで後退《あとずさ》りした。

海星は放心状態でただただタブレットの画面を見る事しか出来ない。

自分の推理はまるで的外れ。無実の人達を殺人犯呼ばわりしただけだった。

「どうしよう……」

事の重大さが鈍い足で追い付いて来て、背中から覆い被《かぶ》さるように海星の全身を呑《の》み込んだ。

「俺が間違えた所為《せい》で雨宮骨董《こっとう》店の評判が――」

「ごめんね、海星」

両手を合わせられて、混乱した海星の頭は完全に停止した。

陽人が右手を耳に遣《や》る。先程も見た仕種《しぐさ》だ。彼に耳を触る癖はない。

耳から離して開いた陽人の手の平に、ブルートゥース接続のワイヤレスイヤホンが転がった。

「お二人にはまだ紹介していなかったからちょうどイヤホンを付けた直後で、僕しか聞こえていないとなかなか言い出せなくて」

記憶を辿《たど》れば、海星は二人と会話らしい会話をしていない。

晴美は陽人が海星に呼びかけるのを聞いて、それが名前だと知らなかったから聞き取れなかった言葉に訝しみ、十四夫は話の途中で黙ってしまった陽人に苛立ったのだろう。

スマートフォンが伝える声を怪しまれないように。兄の機転に海星は救われた。不安に苛《さいな》まれて、躍起になって、空回りした海星の醜態を隠してくれた。

「大丈夫、海星。心配要らないよ」

兄の広い心に包まれて、海星の心は豆粒の様に小さくしわくちゃに丸まった。

＊

和洋折衷、過去近代現代近未来、地区を隔てて様々な街並みが混在する横浜に於《お》いても、中区《なかく》は変化に富んでいる。

駅周辺は郷愁を誘う商店街が路地裏まで入り組んでいる。シンプルな景観には懐かしさもありながら、洒落《しやれ》た店の並びは見る者の胸を高鳴らせ、日常の風景を彩る。

駅の北側は観光地としても有名な中華街。その名に引けを取らない異国情緒溢《あふ》れる一帯だ。関帝廟《かんていびよう》ひとつ見ても、日本の寺社と趣を異にして文化の多様さを覚えるだろう。また、スタジアム周りはインフラから機能性を突き詰めており、百年前の人が思い描いたであろう未来の光景に相応《ふさわ》しい。

一転して、南側には閑静な住宅街や学校が広がっている。洋館、教会、緑の芝に手入れされた庭木、こちらは欧州の風情が漂い、この地に残る長い歴史を思わせた。

陽人は地図を見ながら塀に沿って歩き、通り過ぎ様に門扉の格子の間から中を覗いた。行儀が悪いが、どの家も大き過ぎて民家か文化財か分からない。

しかし、探す必要はなかったようだ。

「僕の方が遅かったみたい」

独白してみても数十秒の差だが。

陽人の行く先に、運送会社の配送トラックが停車した。

立派な門柱の天辺《てつぺん》に杯《トロフイー》形の電灯を掲げて、上部にはアンテミオン模様の彫刻が一周し、脚元には玉形花飾り《ボールフラワー》が整列する。

門扉は格子のアーチ形で、同じ色の鉄の返しが塀の上に刺々《とげとげ》しく突き立っている。

インターホンを押して一分ほど待っていると、球に刈られた庭木の間を通って、ボストンテリアを抱えた男性が応対に現れた。

「おや」

「ワン！　ワンワン！」

男性が口髭を曲げ、ボストンテリアは千切れんばかりの勢いで尻尾《しっぽ》を振る。

「こんにちは」

陽人が挨拶をする横で配達員が帽子の鍔《つば》を少し上げる。

男性は大型のトラックと陽人を交互に見て、

「隠れん坊は終わりのようだ」

遂《つい》に悪戯《いたずら》っぽい笑みの眉《まゆ》を下げた。


一階サロンに棚を運び入れて、配達員がトラックに乗り込む。重い車体を震わせてエンジンを掛け、トラックが走り去った後には草原の様な爽《さわ》やかな静寂が訪れた。

陽人は大型家具を仮置き出来る邸館に率直に感嘆した。ルイ十四世様式の建築は、窓の形やバルコニーの柵《さく》の透かし模様など細部に高野家の面影があり、同じ建築家の手によるデザインと推測される。

男性はサロンのカウチソファに腰かけた。

アカンサスの葉を彫刻したクラシックなソファに目を奪われる。シンメトリーで左右に枕にもなるほどの肘《ひじ》置きを構えるが、背もたれは低く厚みもない。コルヌコピアの装飾が施された脚はそれぞれが一個の彫刻作品の様に優雅だ。

見れば、壁に飾られた絵画も、風景画を焼いたマヨリカも、それを掲げる半月形のサイドボードも、一目で崇高な風格に気圧《けお》される。

「晴美から聞き出したのかね？」

尋ねられて、陽人は本来の日的の為に後ろ髪を断った。

「高野光一《こういち》さん」

ボストンテリアが彼の腕に首筋を擦り付ける。

「警察の知り合いが調べてくれました。勿論《もちろん》、僕に掛かった住居侵入罪の容疑を捜査する一環としてです」

十四夫を介抱した後、陽人を置いて署に帰った匡士は、高野家の家系を辿ってくれたらしい。彼も海星と同じく十四夫の盗み聞きと晴美の家捜しに疑念を抱いた。陽人の容疑は、職権を使う口実にされたようだ。

「晴美さんと十四夫さんは、光一さんの存在を隠しました。有耶無耶《うやむや》に先延ばしにしていた相続問題を、外部の人間に知られるのが恥ずかしかったそうです」

「やれやれ。警察にまで隠すとは、私が何度言っても聞く耳持たん訳だ」

光一がボストンテリアを床に下ろして足を組む。彼は右腕で肘置きに凭《もた》れ、左手で空いた座面を叩《たた》いた。

陽人は目礼を返して隣に座った。

サロンの中央で棚が堂々と仁王立ちしている。

「あれは祖父、光毅《こうき》の持ち物だった。豪胆な人で、気に入った骨董品を買い集めては量産品と並べて使い倒していた。周りは随分と肝を冷やしていたようだ」

光一が喉《のど》の奥で咳《せ》き込むように笑う。

「今は晴美が相続しているが、あの屋敷が祖父の家だった頃は、親族にとっての実家でね。年に幾度となく、里帰りと言えばあの家に集まった」

「道理で、御自宅の様なお振る舞いに見えました」

「今は他人の家だが、と言いたいのだろう？」

綺麗《きれい》に揃った口髭が皮肉げに右肩を上げる。

「幼い頃からあの食器棚が大のお気に入りでね。自分が船になって、橋の下を潜《くぐ》って港を目指す。祖父はいつも停船港になって、旅が終わると私に言った。『お前が一家の主《あるじ》になったらあの棚を譲ろう』。だが、私が独り立ちする前に祖父は他界した」

遺言状に明記がなかったのだろう。多くの人間が故人の発言を聞いていれば、民事裁判で所有権を獲得する事が出来る可能性はある。だが、光一はそうしなかった。

「晴美の父親、旺太郎《おうたろう》は典型的な長子絶対の跡継ぎで、私の母——妹に余分な財産を分け与えるなど示しが付かないと断ずる人だ。私が生まれた時、祖父から一文字もらって『光一』と名付けた件では、自分にも『光』の字が入っていないのにと赤子に向かって罵倒《ばとう》したらしい」

「赤ん坊には理不尽なクレームですね」

「親にだって理不尽だよ。当人も分かっていたから、母でなく私に怒鳴ったのだ」

光一が人差し指で口髭《くちひげ》を均《なら》す。

「そんなこんなで晴美があの家を継いだ時に、食器棚を譲って欲しいと話に行った。ところが、あの物ぐさ、高価な骨董《こっとう》品だったら贈与税が掛かるとか、現在は誰の持ち物か調べてみないと分からないとか言って、永遠に重い腰を上げようとしない」

光一の言い草には棘《とげ》を感じるが、事実、晴美は棚に執着があるようには見えなかったから、単純に億劫《おっくう》だったと考えるのが自然である。

「延ばしに延ばされ三十年だ」

「筋金入りでいらっしゃる」

陽人も笑うしかない。

光一は肘置きに頬杖《ほおづえ》を突いて、物憂げに嘆息した。

「夏の終わりに入院をして、幸いただの夏バテだったが、私も先に限りがあるのだと実感した。そこで強硬手段に出る事にした」

「棚の鑑定……ですか」

「一般的な売買として、札束を叩き付けてやれば晴美も文句はなかろう。いっその事、模造品であれと願いはしたがね」

頬杖の手に圧されて攣《つ》り上がった顔の皮膚は硬く、深く刻まれた皺《しわ》が光一の願い続けた歳月を想像させる。

「よろしいのですか？」

遺産相続に於いて、金額を愛情の大きさとする人は多い。亡くなった人は還《かえ》らない。声も聞けない。愛を実感する為に、目に見える数字が助けとなる事もある。

これほど大切な物を分け与えてくれるほどに、自分は大切にされていたのだと。

「ほっほ」

光一の愉快げな笑声がサロンの天井に反響する。

「君が言ったのではなかったかね、鑑定士君」

記憶にない。陽人が答え倦《あぐ》ねていると、光一は足を解《ほど》いて腰を上げ、悠然とした歩で棚の傍に立った。

「私が触れられなければ、真も贋もない」

毅然《きぜん》とした態度で隠しても、微《かす》かに震える声と手に深い愛情が溢《あふ》れていた。

陽人はゆっくりと瞬《まばた》きをして私情を伏せ、ソファから立ち上がった。

「僕に鑑定を依頼して、発送の手配を委託したのは晴美さんです。気がかりではあったのでしょう。来歴は『また今度』だそうです」

「何処まで人任せなんだ、彼奴《あいつ》は」

光一が呆《あき》れる。だが、便乗とは言え陽人を引き止めたのは、彼女にとっては月面の足跡にも匹敵する偉大な一歩だったに違いない。

「正確な鑑定は来歴を待つ事になりますが、現時点で、判明した事をお伝えしてもいいですか？」

「うむ。何かな」

「脚元の穴の用途です」

陽人は笑みを絶やさず、両手に白い手袋を着けた。

棚の前にしゃがんでアーチ下の窪《くぼ》みに八本の指を掛ける。

海星は、棚から現れた妖精《ようせい》が陽人を殺そうとしたとだけ言って通話を終えた。殺人鬼の妖精が海星を焦らせて、犯人探しを急がせたのだろう。

今も凶器が陽人の心臓に狙いを定めているのかもしれない。

「この棚の脚部分は、アーチ状のトンネルが空いているように見えますが、パーツで分けるとガラス扉が付いた上部の棚を左右の柱で支えて、下部中央が抜き出せる構造になっています」

説明に合わせて窪みに掛けた手を引っ張る。知らなければ摑《つか》んでみようとも思わないだろう。アーチの周りを囲む抽斗《ひきだし》が凱旋門《がいせんもん》の様に一続きになって、棚から分離した格好だ。

「何だか門の様な、机の様な」

「はい、仰《おっしゃ》る通りです」

戸惑う光一に、陽人は朗らかに首肯した。

「上面に貼られているスカイヴァー革は、筆の走りを良くしてインク汚れや傷から天板を保護します。書き物机には欠かせないなめし革です」

「それじゃあ、この穴は椅子に座って足を入れる為の……」

本来の用途が伝わる事は、過去と今を正しく繋《つな》げられた証《あか》しだ。鑑定士冥利《みょうり》に尽きる喜びである。

「雨宮骨董店の名に於《お》いて、引き出し式の両袖机《りょうそでづくえ》を備えた本棚と鑑定致します」

陽人は光一と棚に恭しくお辞儀をした。

「何と……成程、ここだけ見れば机以外の何物でもない」

光一が嚙《か》み締めるように机の天板に手を乗せ、アーチの下を覗《のぞ》き込む。

「トンネルが二つに増えたな。祖父にも教えたかった」

「時に、お祖父《じい》様はこの本棚をアメリカで購入しませんでしたか？」

「鑑定は経緯も調べられるのかね」

「場合によっては」

アンティークに刻まれた情報は製作時のものとは限らない。

「祖父はアメリカの駐日大使をサポートする仕事に就いていて、友人達から譲り受けたり、自分でもあちらに訪ねて買い求めたりする事があったようだ」

光一の話も、鑑定士にとっては重要な痕跡《こんせき》である。

陽人は棚の背後に回り、身を屈《かが》めて机を抜いた後の穴に潜り込んだ。

海星が見た殺人鬼は、陽人が棚の傍にしゃがんだ時だけ現れたのではないだろうか。もしくは、棚の脚に触れようとした陽人に殺意を抱いたのではないか。

「どうしたのかね」

「脚部の内側を見て下さい。右に比べて、左の板の色合いが違います」

「私には全く同色に見える」

光一が目を細めて顔を遠ざける。

陽人は白手袋の手でペンライトを取り出して点《つ》け、左内側の板の、左隅を照らした。

「塗装《シエラックニス》が僅《わず》かに薄くなっています」

「そうだろうか。私には見分けられないが、机を出し入れして剝《は》げたのでは？」

だとすると範囲が狭い。押し込む角度がずれて机が引っかかったのなら、左右に偏らず、引っ掻《か》き傷が付いただろう。

「僕は過去の持ち主が度々この箇所を触った痕《あと》と考えます」

人の皮脂は物に染み、劣化させる。

きっと今、殺人鬼の妖精は陽人めがけてナイフを振り下ろしている。

陽人は構わず側板に手を掛け、引き戸を敷居から外す要領で上へ押し込んだ。

板が外れる。

「隠し戸？」

光一が眉根《まゆね》を寄せる。

仄《ほの》かに葡萄《ぶどう》の香りがする。

脚部にぽっかり口を開けた空洞は、梁《はり》が剥《む》き出しの屋根裏部屋に似ている。陽人がペンライトで中を照らすと、奥の方に煉瓦《れんが》大の塊があった。

陽人はそれを摑《つか》んで穴から這《は》い出した。

「あちらのテーブルをお借りします」

「？　ああ、構わない」

ソファが置かれていたのと反対側の壁際に、丸テーブルと椅子が交互に並んでいる。陽人は側板を直してから、煉瓦大の塊をテーブルに置いた。

黄ばんだ布に包まれている。

布の端を慎重に剝がして開く。包まれていたのは黒ずんだ直方体だ。鼻先を近付けると饐《す》えた埃《ほこり》とレーズンの匂いがする。

「固形ワインです」

「ワイン？　粘土ではないのか」

光一がテーブル脇の椅子に座って身を乗り出す。

「一九二〇年、アメリカで禁酒法が施行されました。人々はお酒を密造し、密輸し、スピークイージーで密売し、あの手この手で監視逃れを試みました。これも抜け道のひとつです」

直方体は他人事《ひとごと》みたいな顔で鎮座している。

「正式名称は葡萄煉瓦《ワインブリックス》、濃縮した葡萄果汁を固めた煉瓦です。販売時には調理方法が添付されます。『固形の葡萄ジュースです。水に溶かしてお召し上がりください。注意、決して時間を置かない事。さもなければ』」

「発酵してワインになる」

膝《ひざ》を打った光一に、陽人は友人にするように微笑み返した。

「以上が、鑑定結果になります」

「君には世話になった。本当にありがとう」

「次は所有者さんの許可を得て御依頼ください」

「晴美に通報されていたら、私も君も危ないところだったな」

「高野さん」

冗談では済まされない。

陽人が笑みを絶やさず視線だけで釘《くぎ》を刺すと、光一が背筋を伸ばして前傾する。

「申し訳ない、十二分に心得た」

「御理解ありがとうございます。それでは、僕はこれで失礼します」

「コーヒーの一杯も飲んでいけばよかろうに」

「弟が家で待っていますので」

白い手袋を鞄《かばん》に仕舞って、玄関の扉を開ける。依頼が完了して最初に吸う外の空気は清々《すがすが》しい。

「葡萄の煉瓦だが、アルコールの密輸に該当するかね？」

光一が扉を押さえて半身を引き、本棚を振り返る。

「水に溶かされていたら危ないところでしたね」

冗談めかして答えた陽人の目に映る光景の、変哲のなさよ。

謎が解け、秘密が明らかになったアンティークは家に馴染《なじ》んで、『今』の一部に溶け込むようだった。

5

生きる理由を求めるのは傲慢《ごうまん》なのか。

生まれた理由を考えて何が悪い。

理由が欲しい。ここにいる理由を知りたい。

海星は頭から毛布を被《かぶ》って、クローゼットの角で丸くなった。

(役に立ちたかった)

部屋を出られなくとも人の役に立てると思いたかった。

ところが海星が実際にしたのは、的外れの妄想を捏《こ》ねくり回しただけである。不安に駆られて情報も知識も不足したまま結論を急いだ。

陽人が通話をイヤホンに切り替えていなかったら、海星は名誉毀損《きそん》で訴えられていただろう。もし警察に情報提供をしていたら捜査の攪乱《かくらん》だ。

雨宮骨董《こっとう》店に悪評が立ち、両親と兄は信用を失っていたと思うと苦しくて涙が滲《にじ》む。

「海星」

クローゼットの扉でくぐもった、ノックと陽人の声が聞こえる。

「先輩がちまきをくれたから冷蔵庫に入れておくね」

陽人は鑑定士に求められる仕事をした。

匡士は警察として出来る最大限の協力をした。

海星は、訳知り顔で無責任な野次を飛ばす部外者にしかなれなかった。二人の腹を満たす為の弁当を買いに行く事も出来ない。

(役立たず)

勘違い。思い上がり。自身への罵倒《ばとう》が無限に湧く。

『前からずっと、海星がいてくれてよかったと思っているよ』

耳に残る陽人の声音が優しければ優しいほど、海星はそれを受け取る価値のない自分が悲しくて、毛布の暗闇に逃げ込んだ。

幕間　踊る宝石

1

ハロウィンの南瓜《カボチャ》を一個、片付け忘れていた。

波止《はと》は酒棚のウィスキーボトルに紛れたジャコランタンを取り除いて、左右の瓶の間隔を詰めた。

まだ窮屈に感じるのは、店長が飾った木箱の所為《せい》である。実家からもらった古い酒で、ブロック状の葡萄果汁を水に溶かして発酵させるワインの素らしい。

白い塗料で塗られた箱に掠《かす》れた英字がプリントされている。本物かは怪しいが、少なくとも箱は後から作ったのだろう。底に雑貨店の値札シールが貼ってあるのは掃除の時に確認済みだった。

日が暮れて、薄暗くなり始めた店内に灯《あか》りを点《とも》す。

天井から吊《つ》り下がるペンダントライトの光は仄かなキャンドル色で、厨房《ちゅうぼう》の三分の一の照度に抑えられている。バーカウンターは若干明るい電球色だ。各テーブルにキャンドルグラス、壁側にはスタンドライトを置いて、隣の席の客はよく見えないが、同席者とは開かれていながら個室の様な空間を共有出来る。

フロアを囲む全開口窓は入り口のフランス窓とデザインを合わせて、足元が木製の枠で隠されているから、姿勢を崩しても外からの視線を気にしなくていい。ガラス自体も薄《うっす》らスモークが掛かっているから、目を凝らさなければ通行人と客の目が合う事はないだろう。

帰路に立ち寄る、昼と夜の間に開かれた店。

バール・サイドウェイズ。

吊り下げ式のワイングラスホルダーにクリスタルのグラスを磨いて収める。ランチ営業の間は様々な柄のマグカップが飾られているから、時間帯を変えて来店した客が最も雰囲気の変化を感じる場所はカウンターではないだろうか。

一通りの開店準備を終えて、ビールサーバーの管に曇りを見付ける。紙布巾《ふきん》で拭《ふ》き取ると、黒く染めたばかりのマッシュヘアがもうマロンブラウンまで色落ちしているのが見えた。但し、不機嫌そうな顔は無愛想なだけで別段、憂えてもいない。

否、懸案はある。

波止は掃除を終えて手を消毒する同僚を見た。

ダークブラウンにシルバーのインナーカラーを入れ、毛先を緩やかに巻いた髪は、前髪の一筋まで整えられている。白いオーバーサイズのセーターと裾《すそ》の広がったベルボトムのデニムはシンプルだが、高いヒールと薬指に花をあしらった付け爪は仕事に差し支えないのだろうか。

そんな華やかな風貌《ふうぼう》だから、ライブグッズのストラップも首から下げるスマートフォンも彼女の私物と誤解を受けやすい。決済時に分かる、注文や決済に使用する店の備品だ。透明ケースの背面に仔鹿《こじか》のステッカーが挟まれており、『鹿乃《かの》』と名前が書かれていた。本名か愛称かは波止も知らない。

「店長。お店開けていーい？」

鹿乃が厨房に呼びかけると、上品な女性の声で「いつでも」と返ってくる。鹿乃が入り口の鍵《かぎ》を外してアレカヤシの鉢植えを照らす洋燈《ランプ》に明かりを入れると、程なくして客が一人、二人と扉を開いた。

夜の開店直後は料理の注文が多い。専ら店長が忙しい時間帯だ。

波止が人数分のドリンクを作り終えて、手持ち無沙汰《ぶさた》にグラスを磨いていると、鹿乃の表情がパッと輝いた。常連客が入ってくるところだった。

「凪《なぎ》さん、いらっしゃい」

「こんばんは、鹿乃さん」

鹿乃がお遊戯会で看板を飾るわしゃわしゃの紙の花だとしたら、常連客の彼女は折り紙で折った百合《ゆり》の様な人だ。花にも女性にも詳しくない波止の感覚なので、比喩《ひゆ》にセンスがないのは御容赦頂きたい。

シンプルなスーツに踵《かかと》の低い革靴、チタンフレームの眼鏡は機能性に重きを置き、長い黒髪を後頭部で結っている。

黒川凪。

初めはやけに姿勢の良い人だと思ったが、後に偶然、藤見署の捜査三課で刑事をしていると聞いて、客に無関心な波止でも合点がいったのを覚えている。

「テーブルもカウンターも空いてるよ」

鹿乃が両手を広げてみせると、黒川が一瞬だけ迷う間を作る。

どちらでも良いならば。

波止はコースターをカウンター席の真ん中に置いた。

「どうぞ」

「失礼します」

黒川は客らしからぬ丁重さを携えて、足元の籠《かご》に鞄《かばん》を入れ、スツールに腰かけた。

鹿乃が胡乱《うろん》な目で波止の方を見ている。だが、彼女の数少ない美徳のひとつは気分依存で仕事に手を抜かない事だ。

「今週のピックアップは！　あったかひえひえ〜」

波止が考え抜いたスタイリッシュなカクテルリストを、間の抜けた表現で説明するのには内心で異議を申し立てたい。

黒川も首を傾げている。

「カクテルですか？」

「そそ。モーツァルトチョコフロートは、モーツァルトリキュール入りのチョコレートシェイクにバニラアイスを浮かべた冷たいカクテル。ジンジャーホットホワイトは生姜《しょうが》をメインにスパイスを利かせたホットワイン」

「美味《おい》しそうですね」

以前はクラシックな酒しか注文しなかった黒川が、近頃は新しい酒に挑戦するようになった。客が何を飲もうが波止に関係ないが、メニューの考案し甲斐《がい》はある。

「では、ジンジャーホットホワイトと、食事にボンゴレと生ハムアボカドサラダをお願いします」

「はーい。あったかジンジャー、ボンゴレ、ハムカドよろォ」

鹿乃が注文をコールするのを見計らったかのように、テーブル席の客が彼女を呼ぶ。

「ただ今伺いまーす。凪さん、ごゆっくり」

「どうも」

軽く会釈を返す黒川に、鹿乃は指ハートとウィンクを決めてフロアに下りた。

波止は白ワインを温めている間に生姜を磨《す》り下ろし、蜂蜜《はちみつ》とシナモンスティックを準備した。ポットで仕上げてガラスのティーカップに注ぐと、湯気とジンジャーの爽涼《そうりょう》な香りが立つ。

「お待たせしました」

「ありがとう」

黒川はティーカップの華奢《きゃしゃ》な把手《とって》に指を通して、引き締まった頬を微《かす》かに緩めた。

パスタもサラダも提供にさほど時間はかからない。客足が増えれば波止の仕事も切れ間がなくなる。波止が次に彼女と接する事が出来たのは、食後のアイリッシュコーヒーを提供した時だった。

「あの」

滅多に口を開かない波止が話しかけたので意外に思われたのだろう。黒川はアーモンドを取り落としそうになって、危うく小皿に置き直した。

「何でしょう?」

黒川の雰囲気もまた、世間話に不似合いな硬さがある。どの道、波止は愉快な話題から本題に移せるほど饒舌《じょうぜつ》ではないから同じ事だ。

「踊る宝石を見た事はありますか?」

下手は下手でも唐突過ぎた。

皿を片付ける途中で通りかかった鹿乃が、足を止めて細い眉《まゆ》を顰《ひそ》めた。

2

波止が調べた俄《にわ》か知識によると、捜査三課は窃盗事件を扱う部署らしい。捜査過程で稀少《きしょう》な物品について見聞きする機会も多いだろう。

噂でも良い。

波止の質問に、黒川は浮かない顔で謝った。

「申し訳ないが」

「そうですか」

会話はそこで終わるはずだったが、目撃された以上、そうは問屋が卸さなかった。

「おいこら、ハト。お客さんに個人的に近付くのはノットだからね」

「カノさんにだけは言われたくないです」

散々、黒川に個人的な話を振っているではないか。波止が言い返すと、織り込み済みとばかりに鹿乃が変顔をする。

「あたしはお客にナンパされる事はあってもした事はないですぅ」

「俺もナンパをした訳ではないです」

「じゃあ、何よ」

鹿乃が喧嘩腰《けんかごし》に迫る。波止は店内を確認した。

ディナータイムを過ぎた店内は照明もより落ち着いて、常連客がのんびりと酒を嗜んでいる。注文はティラミスを最後に止まっており、次から次へと酒を呷《あお》る客が来るような店でもない。

黒川のグラスにはアイリッシュコーヒーがなみなみと残っている。

それも織り込み済みだと言いたげな鹿乃のしたり顔が面倒くさい。

波止は目を伏せ、ボソボソ声で答えた。

「探してます。どうしても必要で」

好奇心旺盛《おうせい》な鹿乃だから、波止は根掘り葉掘り訊《き》かれる事を予測していたが、彼女は意外にもすんなり納得して顎《あご》に人差し指を当てた。

「んー、だったら」

そして、その指をあらぬ方へ向ける。

「専門家に訊けば？」

カウンター席の端に、男性客が一人で座っている。

高級なブランドのセミオーダースーツと、最近気に入りらしいツーブロックの黒髪。よく商談相手を連れて来る常連客で、今日のように同行者を見送った後、ノートに何やら記録を纏《まと》めている事が多い。

絵画を扱う美術商らしく、絵画には一家言あるのだろうが、宝石はどうだろうか。こだわりのネクタイピンと三連の指輪には大きな宝石が輝いている。

「む？」

三人で見てしまえば気付かれるのも已《や》むなしだ。

商談相手に『美好《みよし》』と名乗っているのを聞いた事がある——男性客はふんぞり返ってスーツの襟を正した。

「私に不満でも？　善良な客だぞ」

被害妄想というより過剰防衛に近い。

美好は以前、鹿乃相手に詐欺紛《まが》いの商談を持ちかけた。絡繰《からくり》を見抜かれて捨て台詞《ぜりふ》と共に去った数日後、何食わぬ顔で来店して常連客風を吹かせたのだから肝が据わっている。厚顔は商才の一種なのかもしれない。

「何もー？　どうぞごゆっくり」

鹿乃が素っ気なくあしらうと、美好は「待て待て」とギムレットのグラスを手に距離を詰めてきた。

「少しばかりエアコンの送風に乗って微かに届いただけで、耳を欹《そばだ》てていた訳ではないが、私の力が必要なのではないかね？　踊る宝石、とか」

全神経を聴覚に集中させなければ到底、聞こえる距離でも音量でもなかったが、地獄耳も商才に必要なのだろうか。

美好がやけに白い歯を覗《のぞ》かせてニヤニヤ笑う。

「彼女にせがまれたかね。イケメンの君だ、いるんだろ？　隠さなくていいさ」

「…………」

デリカシーとプライバシーのバグった人類は、社交的か社交下手かの両極端である。

「過度に詮索《せんさく》して他人の人生を娯楽《コンテンツ》消費するのは控えるべきでは？　趣味が悪い」

黒川がアイリッシュコーヒーに瞼《まぶた》を閉じて、静かに諭す。

「仲よくもないのに恋バナ強要してはしゃぐ大人ダルぅ」

鹿乃の美好に対して当たりが強い態度は、店長と美好本人も容認していた。

「何だね。警察だって動機を探るし、ニュースでも報道して大勢が見るだろう」

「警察は捜査、一般人が犯罪の動機を知りたがるのは、我が身に起こり得る事か否かを判断して対策を講じる為の集合知構築と考えます。過度に個人情報を探るのが悪趣味だと言いました」

「自衛で被害者にも非があったなどと傲慢《ごうまん》な罵倒《ばとう》をするかねえ」

「行き場のない不運を受け入れられない人間は、非の在処《ありか》を明確にして心のバランスを取りたがります」

「馬鹿な野次馬の無責任な好奇心でしかない連中もいるさ」

「成程。あなたはどれに属しますか？」

「私は当然！　あー……」

黒川に議論を煮詰められて、美好が立ち位置の確立を迫られる。彼はギムレットで唇を湿らせて、鼻息を荒くした。

「背景を分析して策を講じる為だ。販売相手を知らずに見立ては出来ん」

筋の通った美好の言い分に、鹿乃と黒川が一旦《いったん》、反感の刀を収めた。

波止は考えた。タダより高いものはない。手の内を隠した所為《せい》で、見当外れな想像を事実の様に語られても困る。

「……、……そうです」

思わず吐いてしまった波止の溜息《ためいき》に、美好が身構える。

彼女も時々、そういう仕種《しぐさ》をした。

「クリスマスに踊る宝石が欲しいと言われました」

声に出した途端に、荒唐無稽《こうとうむけい》な話をしている自覚が迫って恥ずかしくなった。

*

今年は三度目のクリスマスになる。

彼女、結菜《ゆいな》と知り合ったのは三年より前、波止が大学の友人に誘われて行ったバーベキューで居合わせた。

その時は肉の味が薄くて、別のテーブルから塩を取ってくれたのが彼女だったかもしれない、くらいのうろ覚えだ。別人だった可能性もある。

三年後期の授業で再会して顔と名前が漸く《ようや》一致。学食で挨拶《あいさつ》をするようになり、四年の夏、就活とレポートで徹夜続きの時にメロンパンをもらって絆《ほだ》され、不意打ちの様に波止から告白した。

思い付きみたいに付き合い始めた割に仲良くやれていると思う。

卒業後、波止は居酒屋でのバイト経験を元にバール・サイドウェイズに採用された。

結菜は商社に就職し、互いに行き来していたマンションをひとつに纏めて少し広い部屋
を借りたのが昨年のことである。

結菜は察しが良く、協調性が高い。波止の友人とも程々に親しく接し、波止が忙しい
時期は干渉せず折半の家事を多めにこなしてくれる。

時々、感情が不安定になる事もあったが、曰《いわ》く「気圧の所為」だそうだ。

先週末も、大遅刻して襲来した台風で気圧が大幅に下がっていた。

波止が友人とオンラインゲームをしていると、結菜がミルクを電子レンジに入れて、
待ち時間に言った。

「踊る宝石って知ってる？」

「知らない」

波止は宝石どころかシルバーの装飾品にも詳しくなかった。ゲームが終盤に近付き、
友人から飲みに誘われたので返事を書きながら話を繋《つな》いでおく。

「欲しいの？」

波止に答えるみたいに、電子レンジがワンフレーズのメロディを奏でる。

結菜がマグカップを二つ取り出して、ティーハニーを溶かした方を波止の前に置いた。

「うん。クリスマスまでには決めようかな」

「？　そうなんだ。ミルクありがと」

結菜が微笑み返して、テーブルに置いてあったスマートフォンを手に取る。

手が触れて明るくなった画面に表示されたのは一時停止中の動画のタイトルだ。

『安全でコスパ最強の一人暮らし。部屋を探すコツ七選』

ゲーム内で波止のキャラクターがヘッドショットを喰《く》らった。

*

二人に窘《たしな》められた手前、好奇心を隠そうとするもだだ漏れの美好と、人を窘めた手前、好奇心を隠さなければいけないが逸《そ》らした目がわざとらしい鹿乃と、生真面目に話を聞く黒川が三者三様に頷《うなず》く。

結菜が引っ越しを考えている事は伏せて良かったと思う。話せば興趣の餌食《えじき》だ。

波止は顔面を平常心で塗り固めて、塩漬けのオリーブをピックに刺した。

「まあ、普段はあれが欲しいこれが欲しいって言わない人なので、探してみようかと思ったまでです」

「それは君、竹取物語だね」

美好が嘲笑《ちょうしょう》と憐憫《れんびん》をシェイクしたような口調で言う。三人の視線が集まると、彼は気持ち良さそうにギムレットを飲み干した。

「教えてあげよう。宝石には魔力が宿ると大昔から実《まこと》しやかに囁《ささや》かれるが、あれは満更、出鱈目《でたらめ》ではない。例えば、持ち主を癒《いや》すヒールジュエリーだ」

「胡散《うさん》くさいんですけど」

顰蹙《ひんしゅく》を表した鹿乃を、黒川がまあまあと宥《なだ》める。

美好がふんぞり返って咳払《せきばら》いをする。

「実在する以上、君にも文句は言えないぞ。その宝石は人から人へと渡り歩いているという。一人を癒すとまた次の人へ、善意という名の船に乗って必要とする人を巡る航海を続けているそうだ」

「結局、噂じゃん」

「火のない所に煙は立たないのだよ。幸運が訪れるという触れ込みの中には創作者やディーラーの作り話もあるが、不幸が降りかかるなんてのは捏造《ねつぞう》するだけ損だろう」

「物好きが買うかも」

「買い叩《たた》かれるのがオチだね」

美好が鼻で嗤《わら》って鹿乃の反論を退けた。

「凪さぁん」

「うむ。それらの迷信が彼の彼女とどう関係するのでしょうか？」

黒川が迷信と断じたのは、鹿乃に泣き付かれたからではなさそうだ。彼女の認知する世界には魔法も奇跡も存在しないのだろう。

美好も黒川の真剣な顔に圧倒されて、二言三言、意味のない言葉を唱えて態勢を立て直した。

「詰まるところ、要するにだね、踊る宝石も件《くだん》の類《たぐ》いの代物だよ」

「は?」

波止は特定の種類の宝石に付けられた異名だと思っていた。或《ある》いは宝石言葉か、特殊な加工を施してあるのでも良い。

「音楽をかけると踊り出すジュエリーが存在する。私はどの国の誰が持っているかまでは知らんがね。陽気な霊が取り憑《つ》いているという話だ」

世界に唯一、固有の宝石となると話が違う。

バール・サイドウェイズは良い店で、店長も待遇も申し分ないが、伝説級の宝飾品を買える額は一生働いても稼げない。

黒川が押し黙る。美好が波止の手元を指差して、その指を自分の方へ向ける。

波止は美好の前に新しいコースターを置き、ドライマティーニを載せた。浅い脚付きグラスを手に取って美好が頭《かぶり》を振る。

「残念だが、竹取物語だよ、君」

求婚者に無理難題を吹っかけて、生命をも脅かすかぐや姫。

「いや、別れてって普通に言われれば、普通に別れるんですけど」

「馬鹿みたい」

鹿乃が腹の底から呆《あき》れた声を吐き出して、寄りかかっていたバーカウンターから身体を起こす。彼女はテーブル席で会計を求める客を見付けると、話に一切の未練もなくフロアに下りた。

「そうか」

いつの間に心変わりしたのだろう。思い返してみても契機《きっかけ》が思い当たらない。

冷静に考える波止の胸で、鼓動だけが五月蠅《うるさ》く鳴っていた。

3

テーブル席が空いて密度の下がった空間を、落ち着いた響きが満たしていく。

アコースティックの音と繊細な歌声が織り成す曲は、心に眠るノスタルジーに優しく触れる。スウェーデン出身のアーティストだと波止に教えてくれたのは結菜だった。

「元気を出したまえよ。洒落《しゃれ》た伝え方じゃないか」

美好は客だ。用が済んだので帰れとも言えない。黒川の沈黙も居た堪《たま》れなかったが、バーカウンターは波止の持ち場で、鹿乃の様に気儘《きまま》に離れては職場放棄になる。

「別れは不幸ではありません。ある実験では、衣食住と娯楽を与えられた鼠は繁殖を止めたそうです。全ての個々の幸せが達成された時、種は滅びる。生き延びる為の進化の終着点は幸福な滅亡だったと言い換えられるでしょう」

「壮大な皮肉だねえ」

「宇宙のロマンに一歩、近付きました」

波止は理路整然とダメージがない事を示したつもりだったが、美好は波止を可哀想な男にしたいようだ。その方が彼が求めるエンターテイメントに適《かな》うのだろう。

「女心は男に解けないミステリーと言うがね。とかく女性は感情的な生き物だ。論理で解き明かせるもんでもない。情緒が不安定なんだよ」

美好が赤子をあやす手付きでテーブルを軽く叩く。

「ちょっと優しくしただけで依存して、ちょっと離れると病んで泣く。男女平等を唱えるなら、女性も独立心を持つべきだね」

「はあ、そういう節はありますね。低気圧で落ち込むとは言ってましたけど」

「賢い女性じゃないか。気象を理由に衝動を自制していたのだろう。信頼より束縛で安《あん》堵《ど》を覚えるタイプの女性はなかなかに厄介だぞ」

美好が何処かで聞いたような話を持論然と展開する。隣に黒川がいるのだが。

波止の黒目の動きに気付いたらしい。美好はオリーブのピックをグラスに落として空咳を繰り返した。

「刑事さんは鋼の情緒をお持ちなのでしょうな。女性の中の希望の星ですよ」

「…………」

黒川が眼鏡の奥に冷ややかな光を湛《たた》える。

すかさず鹿乃が割り込んで、メニューの黒板を二人の間に立てた。

「あーのー、他のお客様の御迷惑になりますので、ウザ絡みは御遠慮頂けます？」

「鹿乃ちゃんは彼氏を振り回して、相手を闇堕《やみお》ちさせそうだなあ」

深酔いが口を滑らせたように見えた。

「……一緒にすんじゃねえよ」

鹿乃が黒板に爪を立てる。硬い付け爪が嫌な音を鼓膜に押し付けた。

「男女の特大主語で語るのはあたしの主義に反するので個人攻撃しますけど」

両手で耳を塞《ふさ》いだ美好がアルマジロの様に背を丸める。だが、鹿乃が尖《とが》った指先を突き付けたのはカウンター越しの波止だった。

「ハト！　あんた、さてはヒャクゼロ人間ね」

「造語《スラング》には疎いんですけど」

「気が向いた時は百パーセントで甘やかして、自由を満喫したい気分になったらゼロで放置する。理不尽な態度で原因を作っておいて、乱された人の情緒を嘲笑《あざわら》える立場なの？　あんた何様？　束縛されたくなかったら信頼される行動しなさいよ」

嘲笑ったのは波止ではなかったが、心当たりがなくもない。同時に、何が悪いという気持ちもあった。

「三六五日、彼女の事だけを考えていたら生活も人間関係も崩壊するでしょう。別に嫌いになった訳ではないのに、他の事を優先したくらいで傷付かれても困ります」

「ぬうう、正論に聞こえる。どうしてぇ？」

鹿乃が怯《ひる》んでバーカウンターの縁に沈む。彼女が手を離した黒板が倒れそうになるのを、黒川が支えて複雑な顔をした。

「心理学の研修で習ったのですが、人間は、無意識に直線を想定するようです」

声の硬さに不得手が滲《にじ》み出ている。黒川が懸命に言葉を選ぶ。

「株価が上がればまだ上がるのではないかと期待する。不幸に突き落とされれば何処までも落ちる一方と錯覚する。幸福の最中《さなか》にこの世の絶望を、苦しい時に明るい未来を想像するのは難しい」

「比例の傾きって事ですか」

「はい。横這《よこば》いの好意は継続を信じさせますが、彼女が見る『百からゼロへ下降した態度』はあなたの心変わりを想定させるでしょう」

「凪さん天才。そうだよ。地獄で天国からの迎えを無邪気に信じられる？」

援護を受けて鹿乃が水を得た魚の様に生き生きとする。

そもそも一定の変化をしない人間をグラフに当て嵌《は》める方が無理があるではないか。

「そんなの……嫌いと言われるまでは自信持ってれば良いのに」

「本人にそう伝えればいいじゃん。最後にまともに話したのはいつ？」

「え」

鹿乃に喧々《けんけん》と嚙《か》み付かれて、波止はカウンターの下で指折り数えた。春は二人で映画に花見にと出かけていたから、家に籠《こも》って個々気儘《きまま》に過ごすようになったのは夏の暑さを避けて以来だ。

今は冬。

結菜の問いかけの謎が解けた。

『踊る宝石って知ってる？』

あれは、会話の糸口だ。結菜は興味を惹《ひ》く話題を探して、波止との時間を持とうとした。ところが、波止は即物的な質問で終わらせて会話を広げなかった。

彼女はホットミルクを飲みながら話したかったのだ。

こんな迷信があると。面白いねと。

「面倒くさい……」

波止は頭を抱えた。オチのない会話も、五十パーセントで出力し続ける愛情も。

「最っ低。あんたのペースに付き合わせるなら、あんたも彼女に歩み寄りなさいよ」

鹿乃が立ち上がって憤然と食ってかかる。

「理不尽の押し付け合いに聞こえるな。無理しても続かんよ」

美好が厭世《えんせい》的に嘆息して高みの見物を決め込む。

三人でさえ結論が統一されないのだから、この世に正解など存在しないに違いない。

四人目の黒川はスツールの上で所在なげにしていたが、黒板をカウンターに立てかけると、背筋を正して凜《りん》と前を向いた。

「バーテンダーさん。御自身で言っていました」

「俺が何を？」

「『どうしても必要で』探していると」

思い出すのが困難なほど昔の話ではなかった。波止の答えは既に出ていたらしい。

黒川がグラスの水滴をハンカチで拭《ぬぐ》う。

「私は最後の一杯にします」

「同じく。些《いささ》か今日は飲み過ぎた」

美好が見せ付けるように鬱陶《うっとう》しい表情を決めてマティーニを掲げる。

鹿乃が巻き髪を広げて顎《あご》をしゃくった。

「店長には、ハトは眠気の限界って伝えとく。今すぐ帰れ」

命令されるのは虫が好かないが、背中を押されるのは存外、悪くない。

波止はエプロンを外し、カウンター下に置いた私物のボディバッグを身に着けると、三人に会釈をして店の外に出た。

夜の街は静謐《せいひつ》に横たわり、青い夜闇に建物が影を落とす。

見上げると、明るい月が満ちようとしていた。

第三話　ウッド・チェスト

1

一日千秋という言葉は古語《アンティーク》に属しつつあると思う。

一日の別れが千年にも感じられると表す千回巡る季節に、物悲しい雰囲気の秋を入れた言葉選びは美しい。だが、昨今では秋が短過ぎて、本来の意味と違《たが》えて、千回の秋を集めても首を長くするに及ばない印象を植え付けられそうだ。

彼岸が明けても残暑が居座っていたというのに、ほんの一週間を境に骨身に沁みるほど冷え込んで、海風すら乾いた冬を運んでくる。

桜の幹は眠りに就き、川の流れはあまりに静かで、時が止まったかのようだ。

穏やかな街を照らす陽光は明るいが、朝方の冷え込みでなかなか暖かくはならない。

カフェの軒先に置かれた樅木《もみのき》はまだ装飾されていないものの、着実に近付くクリスマスの気配を漂わせて、静謐の裏側で時計の針が刻一刻と進む感覚がした。

巡り来る冬、昨年と同じ景色。

陽人も変わらず平穏な日々の中にいた。

厳密には変化がないのとは異なる。元に戻った、が正しい。

雨宮骨董《こっとう》店では両親が売買い取引を受け持ち、陽人が店番と鑑定業務を担当する。

海星は、あの日以来、店に顔を出さなくなってしまった。

無実の人を窃盗犯と誤認したのが余程応《こた》えたようだ。運良く、本人の耳に入る事は避けられたが、過失で傷付くのは相手だけではない。素直な人間ほど罪悪感を正面から受け止めて自縄自縛になる。

今日、出がけに陽人が声を掛けた時も、海星は横顔しか見せてくれなかった。

「おはよう、海星。赤レンガ倉庫でオークションの下見会があるから行ってくるね。インターネット競売だから撮影ＯＫなんだけど、海星も一緒に見る？」

「いい。行ってらっしゃい」

「行ってきます」

食事を摂《と》るようにとの注意が陽人の頭を過《よぎ》り、思い直して口には出さなかった。海星はハックレシピの試作こそやめたが、食事の放棄はしていない。口数が少ないのは性格で、会話もする。

今はそれで充分、数ヵ月前に戻っただけだ。

「人助けをしたいと思った事自体が素晴らしいのにな」

失敗を後退と錯覚するのも仕方ない。トライ・アンド・エラーで許されない失敗も現実に存在する。いつか福に転じようと、災いは起きた時点で災いなのだ。

陽人は川沿いの桜並木を下り、横浜駅前の人混みを避けて徒歩で海岸側に出た。

一九一一年。国の指示で建設された赤レンガ倉庫は、当時では珍しい防火設備を万全に盛り込んだ時代の先駆けとなる倉庫だった。しかし、一九二三年、関東大震災で半壊。修復後、第二次世界大戦での補給基地、アメリカ軍司令部を経て七十八年、一旦《いったん》、倉庫としての役割を終える。

横浜市が国から赤レンガ倉庫の所有権を取得して、次時代の商業施設へと改修工事が始まった時、市民は期待に沸いたという。

両親に連れられて初めて訪れた当時、陽人は小学生で、友人との遊び場にするには敷居が高かった。入っている店は洒落《しゃれ》た大人の世界に見えたし、夜景を楽しむのは尚更《なおさら》だ。気軽に立ち寄れるようになったのは陽人の成長と、赤レンガ倉庫のリニューアルの影響もあるかもしれない。

屋外広場でイベントが開催され、隣接する公園では子供が芝生を駆け回る。船が発着する海の展望を眺められるかと思えば、屋内ホールでは演劇公演も行われた。

本日のオークション下見会は、一号館二階のスペースで開催される。

「これかな。『アンティークオークション　流れ着いた海の宝箱《チエスト》編』」

ポスターは大海原を行くガレオン船のコンセプトデザインを背景に、物語めいたサブタイトルが添えられている。

骨董市《マーケット》や展示会は、個人或《ある》いは骨董店が参加費を払って出店し、会場に様々な店舗が並び立つ形で開かれる。

他方、オークションはオークション会社が開催して出品者から託された商品を扱う、謂《い》わば代行販売方式である。

大前提として、オークションに出品される骨董品は高価になりがちだ。

出品者は、数ヵ月前に骨董品をオークション会社に預ける。

オークション会社は預かった品物をカタログに記載。来歴の概要に添えて信用重視で個人情報を公開する人もいれば、名誉を守る為に匿名で依頼する人もいる。

次に行われるのが下見会だ。出品物を展示して、参加者にお披露目をする。オークション会社や立ち会いの専門家に詳細を質問する事も出来るので、事前にしっかりと目星を付けられるだろう。

そして当日、競りによる販売が行われて、晴れて商品は出品者から落札者へと権利が移された。

競売の特性上、価格が吊《つ》り上がるのに加え、カタログ掲載料、仲介料、落札手数料と経費が上乗せされるのが高値の主な仕組みである。

その為、オークションは出品物の審査を行い、告知範囲に戦略が練られる。扱う骨董品によって客層を絞る事で、売り手と買い手を的確に引き合わせるのがオークション会社の腕の見せ所だ。古城を貸切で開催したり、豪華なカタログを配ったりと、付加価値で箔《はく》を付ける会社もあった。

二階スペースに上がって、陽人は会場の雰囲気を窺《うかが》った。

本日のオークション下見会は三階ホールで公演中の芝居と連動した企画らしい。芝居の青いショッパーを手に陶酔した瞳《ひとみ》で会場を訪れる客の中で、同業者の方が一目で分かるほど浮いている。身形《みなり》の良い大人が社員の説明を受ける姿もあるから、下見会と特別展示を兼ねたイベントと考えるのが適当だろう。

陽人は密《ひそ》かに深呼吸をしてホールに足を進み出した。

波の音がした。

清らかな歌声はセイレーンに誘《いざな》われるかのように蠱惑《こわく》的で、青みがかった暗い照明とプロジェクターで壁に映された光紋が海の底を演出する。

中央に島を設《しつら》えた配置は美術館でもよく見られる。展示物にだけ白いスポット照明が当てられて、会場の照明に左右されず鑑賞できる環境が整えられていた。

特別企画の名を冠するに相応《ふさわ》しい。同種の骨董品ばかりが、これほど一堂に会するオークションはそうないだろう。

様々な箱形チェストが並べられている。

初期のチェストは直方体か、それに脚を付けただけのシンプルな造りをしている。聖堂を思わせる豪奢《ごうしゃ》な彫刻をパネル部分にあしらう物もあるが、時代が進むに連れて最小限の細工で日用使いのチェストも再び増えてきた。

十八世紀頃に普及したのは画材で絵付けがされたペインテッド・チェストだ。民話を描いたり、風景や植物を描いたり、記号モチーフを組み合わせたりとデザインは多岐に亘《わた》り、嫁入り道具とされた地域もあった。

「これかわいい」

「玄関に置いてベンチにしたい」

通常のオークションでは見かけない年齢層の二人連れが十八世紀のチェストに夢中になっている。幅広い客層が骨董品に触れる機会を設ける啓蒙《けいもう》の一面もありそうだ。

そして、訪れる多くの人々が最も足を留める場所。

燦然《さんぜん》と輝く舞台にマストや舵《かじ》が立てられて、再現された船の甲板に、鉄製の黒いチェストが鎮座していた。

横幅は一般的なチェストより短めだが、左右に付いた把手《とって》に腕は届いても一人で持ち上げるのは不可能だろう。球体を重ねた脚は長めで、植物の葉に似たスカートが鼠返しの様に脚元を一周している。パネルの細工には花柄が施されており、中央に一際大きな金色の花が輝く。

向日葵《ひまわり》か、或いは、太陽かもしれない。

巨大な閂《かんぬき》と頑丈な南京錠が蓋《ふた》を守り、蓋自体の表面にも厳《いか》つい棘《とげ》が整列する。

出品名は『海賊の宝箱』。

カタログによれば十七世紀に作られた鉄製のチェストで、漂流していた海賊船から回収されたという珍しい来歴持ちだ。

噂では、海賊の宝箱をメインにオークションを企画していたところ、三階ホールで上演中の演目と世界観が合致した点に目を付けて、協賛関係を結んだらしい。過去に主催会社と取引のある顧客とディーラーには招待状が送られているが、それ以外の来場者が有料なのは、入場券付きの観劇チケットが販売されている為だった。

陽人はカタログと出品物を見比べて歩き、十六世紀のリネンチェストの前で立ち止まった。

(これが一番近い……かな)

土台と蓋が同程度に張り出した典型的な箱形チェストだ。

パネルの彫刻は華美過ぎず、一六七〇年頃まで人気を博したオーク材が使われている。真正性を保護する動きが起こったのは十九世紀に入ってからで、それまでは現代人がDIYをするように、元の状態などお構いなしで修理や改造が行われていた。そんな中でも、チェストは箱に蓋を付けただけの単純な構造で、製作時から大きな変化は付けられないだろう。

(似ている)

海星を見付けたチェストに。

展示台は陽人の目線を上げさせて、彼をまだ背が低かった頃に引き戻した。

＊

高校入学を控えた春の早朝。

陽人はモカ茶色の髪を陽に透かして、グループチャットの履歴に眉《まゆ》を下げていた。

今年の新一年生が集まったSNSグループで、中学校の友人に強引に入れられた為、自ら発言する事はなかったが、他校出身の生徒がいたり、兄姉から聞いた情報が流れてきたりするので、日に一度は既読を付けるようにしていた。

陽人の眉を顰《ひそ》めさせているのは、昨晩遅くに送られたチャットだった。

『高校には服装にうるさい国語の先生がいる』

『兄貴は保健室で髪を黒く染めさせられた』

気付くのが遅かった。チャットは既に流れに流れて、女子数人が入学式に一緒に行く人を募集し、それに対する返信一色になっている。質問を挟める状況ではない。かと言って、発言者は他校出身の生徒で陽人は面識がなく、いきなり個人チャットに送るのも躊躇《ためら》われる。

染められた兄の髪色は地毛か。明るく染色されていたのだろうか。

陽人の前髪が陽光を浴びて金にも見える。祖母がフランス人で、陽人は彼女の特徴を受け継いでいた。制服に色を合わせるのが目的の校則ならば、陽人の髪も黒くしなければならない。

陽人は一階に下りて、両親に相談する事にした。リビングとキッチンにはいなかったから、店か応接室のいずれかにどちらかはいるはずだ。

捜すまでもなく、両親は揃って一階の倉庫にいた。

廊下には水瓶《みずがめ》の様に大きな花瓶や、色ガラスに切り子細工をあしらった脚付き皿などが運び込まれており、陽人の爪先《つまさき》を緊張させる。間を縫って戸の開いた倉庫に辿《たど》り着くと、父の宵《しょう》が大型家具を持ち上げ、母の真紘《まひろ》が床に敷いた運搬用毛布を引き抜いたところだった。

「お母さん」

「陽君、おはようございます」

真紘が毛布を丸める手を休めてぺこりとお辞儀をする。母の髪もまたオレンジを帯びた白茶髪で、日向《ひなた》ぼっこをするマヌルネコに似た顔立ちにも血筋を感じる。

「サンルームの物まで運び終えたら、一旦《いったん》、朝食にしましょう」

宵は大型家具を慎重に下ろし、曲げた腰を垂直に立てて、背骨を骨盤に刺すように踵《かかと》を一度だけ上下させた。

陽人が幼い頃は近寄り難く感じる事もあった仏頂面も、不機嫌の所為《せい》ではなく、生真面目さの表れだと学習してからは、父の方が話しやすいくらいだ。

「僕も手伝います」

陽人は二人に先んじてサンルームに入り、それに出会った。

木製の箱形チェストだ。

ペイントや彫刻のない装飾は控えめで、パネルにパーケトリーにしては大柄な模様が刻まれている。

陽人は不思議とそのチェストから目を離せなくなった。

後ろで真紘が頰に手を当て、首を傾ぐ。

「こんなチェスト、あったかしら」

「リストには収納家具が幾つか記載されている。聞いてみよう」

宵がサンルームの扉を開けて裏庭に出た。配達員が運搬用の木箱を運んでくる。

二人の会話は鼓膜を素通りして、陽人の脳が像を結べないでいる。

チェストの木は瑞々《みずみず》しく、切られた今尚《いまなお》、道管に吸い上げられて鼓動する水の音が聞こえそうだ。陽人が耳を近付けると、息遣いまで聞こえる気がする。

「運搬業者は運んでいないそうだ。一体、誰が——陽人」

「陽君」

呼ばれる声がガラスを隔てているみたいに遠い。

四角を横に、柱を縦に。月が満ち欠けして、海と陸が反転する。

心地よい音がする。

陽人は両手でチェストの蓋を持ち上げた。

箱の隅にリネンが丸められている。それは不意に身動《みじろ》ぎしたかと思うと、端から黒髪が覗《のぞ》いた。

「君は誰？」

陽人の呼びかけは届いたのだろうか。

幼い子供がリネンに包《くる》まって身体を起こし、長い睫毛《まつげ》で黒曜石の様な瞳《ひとみ》を隠して、眩《まぶ》しそうに目を眇《すが》めた。

＊

下見会、二階スペース閉場後。

陽人は帰路に就く来場者の満足そうな笑顔を眺めながら、腕時計を確認した。入場口が閉鎖される。スタッフはこれから片付けに加えてオークション本番の準備に移らなければならないから、陽人が待つのは已《や》むを得ない事である。

更に待ち続けて三十分、外周の通路を悠々と歩いて陽人の父親ほどの年齢の男性が現れた。青いスーツに青いネクタイ、キャラメル色の革靴を合わせた装いは紳士然としているが、鬚《ひげ》には無頓着《むとんちゃく》なようだ。

ファッションで伸ばしていると言うには野放図な顎鬚《あごひげ》を指先で叩《たた》いて、男性は陽人と目が合うと、徐《おもむろ》に懐に手を差し込んだ。

「雨宮骨董《こっとう》店……さん？」

「はい」

陽人は手の平に忍ばせていた名刺入れから、ショップカードを取り出した。

「株式会社、櫻田《さくらだ》美術競売企画、広報担当の猫間《ねこま》と申します」

「雨宮骨董店の雨宮陽人と申します。お時間頂きありがとうございます」

猫間はショップカードを表裏共に念入りに見て、一瞬の無表情を経て、社交的な笑顔を作り上げた。

「買い付け担当者とお話をなさりたいとか。当社の対外業務は広報が一括で担っておりますので、お取り次ぎ前に御用件を伺ってもよろしいでしょうか？」

窓口を設けてもらえるだけ感謝だ。陽人は真摯《しんし》に現状を述べた。

「当店で扱っているチェストに来歴不明の物があります。文献を集め、講習を受けてはいますが、分類に限界を感じていました」

「当社の企画オークションをお知りになって好機とお思いに？」

「はい。展示物によく似た様式のチェストを見付けて、詳しくお話を伺えたらと考えた次第です」

「……不躾《ぶしつけ》な話をしている自覚はおありですか？」

猫間が顔を顰《しか》めると、顎鬚が寝返りを打つ猫みたいに歪《ゆが》む。

ディーラーにとって情報は財産だ。仕入れルート、取引価格、顧客リスト、各国の時勢と噂、全てが武器で他人に無償で譲る道理がない。

陽人は目を伏せて、再び猫間の目を直視した。

「当店が十年、追い求めた謎です。人道に悖《もと》る行い以外は、無礼も辞さない気構えでいます」

「ディーラー業界で爪弾《つまはじ》きにされるとしても？」

「覚悟の上です」

即答した陽人に、猫間が声を失う。驚いたのか呆《あき》れたのか、最後には疲れた嘆息を吐き出してショップカードをひらひらと揺り動かした。

「御購入を検討しているという体を取って頂ければ、下見会の間にも説明を受けられましたのに」

「あ」

陽人が目から鱗《うろこ》を零《こぼ》すと、猫間がやれやれと肩を落とす。

「素直でいらっしゃるようで。筋を通さない輩《やから》であれば、買い付け担当を買収していたでしょうね」

「未熟者でお恥ずかしい限りです」

「海千山千になる前に爪弾きになって足を洗った方が良いかもしれませんね」

猫間は口元で咳払《せきばら》いをするように笑うと、踵《きびす》を返して首だけで振り向いた。

「御案内致します」

「！　ありがとうございます」

陽人の一歩目が無意識に跳ねてしまって、また猫間に笑われた。

「お店は御家族で？」

「そうです。今は両親が買い付けをして、僕が店を預かっています」

「ファミリービジネスは人脈を引き継ぐ商売に適していますね。当社では殆《ほとん》どの社員が複数の役職を掛け持ちして回しております」

「少数精鋭なのですね」

「聞こえの良い言い方をすれば」

猫間がバックヤードを通ってスタッフ専用出入り口の鍵《かぎ》を開ける。

「買い付け担当は商品管理も担っておりまして、今は会場でクリーニング作業をしているはずです」

「クリーニングですか？」

骨董品の状態保全は難しい。発見された状況によってはひどく汚れていたり、破損したりしている事もある。製作時の形を正しく読み解き、素材を劣化させずに修復するには専門家の知識と経験と技を要する。

下見会に展示されていたチェストはどれも綺麗《きれい》な状態で、陽人の目には修復が完了しているように見えた。

猫間が鍵束のカラビナをベルトに掛ける。

「当社はオリジナルの価値を損なわない丁寧なクリーニングと防虫、抗菌加工を行い、徹底した安全を謳《うた》っております。社の方針です」

道具は人と共に時を重ねて真価を発揮するとも言える。日常使いを考えて骨董品を購入する客を気遣っての方針だろうか。

扉が開かれて、入った瞬間、ひんやりと室温が下がる。

眩《まばゆ》い照明は消えて仄暗《ほのぐら》く、会場と木の香りに混在してアルコール消毒液の匂いが鼻を突く。人の気配はない。

「南志見《なじみ》さん」

猫間の呼びかける声が広い空間に溶ける。

「南志見さん、お客様対応お願いします」

陽人の爪先が何かを蹴《け》った。軽い音が転がって、消毒液のスプレーボトルが舞台下で止まる。

「あ……ああ……首が、無……」

猫間が目を見開いて後退《あとずさ》りした。

壇上に鎮座する海賊の宝箱。

重厚な鉄製の箱の前に、首なしの身体が膝《ひざ》を突いて座り込んでいる。

陽人は舞台に駆け上がった。

首なしではない。人の頭が箱の蓋《ふた》に挟まり、力を失った手足がだらりと垂れる。陽人は鉄蓋を押し上げて開き、重い身体を引っ張り上げて仰向《あおむ》けに寝かせた。

「あ……南志見」

猫間が男性の顔を見て、愕然《がくぜん》と立ち尽くした。

2

湯船が恋しい季節になってきた。

温かいポトフと暖炉の炎、ウールの膝かけに丸くなる猫。想像に感触も匂いも伴わないのは、匡士がどれも経験した事がないからだ。

「懐石料理、北京ダック、ファーストクラス、ナイトプール」

「随分と豪勢な白昼夢だな」

雲の上の世界を数えていたら、黒川に睨《にら》まれた。

「被害者は山辺《やまべ》一家、夫婦と娘一人の三人暮らしだ」

「空き巣に不向きな立地ですね」

エレベーターが長らく上昇を続けている。

「屋上からバルコニー伝いで下りるには格好の最上階だ。子供部屋から出てきた住人がベッドルームの異変に気付いて通報している」

タワーマンションの上層階は物理的に雲より高いのではなかろうか。

階数表示が37で停止して、ドアが左右に開くと、匡士の知るマンションとは別世界が広がっていた。

アイボリーの絨毯《じゅうたん》が敷かれた床。柱は木製のパネル張りで、壁の一面を埋める石タイルがモダンな印象を作り出す。エレベーターホールに置かれたテーブルには植物が飾られて、カウチソファは帰宅を待たずに寛《くつろ》げそうだ。

廊下は長く見えるが、警察が玄関扉を開け放している為で、本来はエレベーターを降りて数歩で扉に行き着くらしい。最上階に一軒しかない事は資料で確認済みである。

「お疲れ様です」

先着の警察官が黒川と匡士に挨拶《あいさつ》した。

六畳ほどのエントランスに扉が五枚ある。開いているのは正面の一枚だけだ。三和土《たたき》に放り出されたスニーカーは汚れて黒く、白い大理石に似つかわしくない。どれも警察関係者の靴だろう。

靴を脱ぎ、三和土を跨《また》いで扉を潜《くぐ》ると、リビングルームの広さに圧倒された。高校の教室より広いかもしれない。正面は天井から床までガラス張りで、藤見の街から横浜駅の方まで一望出来る。百インチのテレビを収めても窮屈に見えないテレビボードは、収納量の割に物が余り置かれていない。匡士なら棚いっぱいに物を詰めてしまうから物珍しささえあった。空間を楽しむ家具とはまだ無縁だ。

革張りのソファはベッドの様に大きく、傍に敷かれたカラフルなフロアマットはブロックッションで囲まれている。量販店のキッズコーナーを移設したかのようだ。

細く開いた扉から幼児がこちらを窺《うかが》っていたので、匡士は手を振ってみた。幼児が途端に顔面を拉《ひし》げて大泣きする。

「キキ、何をしている」

「すみません」

匡士は方々へ謝って、幼児に背を向け、反対側の扉前に合流した。

「黒川さん、モトキさん、お疲れ様です」

鑑識課の顔馴染《かおなじ》みがマスクのゴムを伸ばして挨拶をする。

「戸浦《とうら》さん、早いっすね」

「ちょいとお耳を拝借」

手招きされて匡士が上体を右に傾けると、戸浦が糸目を更に細める。

「横スタでコンサートがあるんです。残業なしでお願いしますね」

「了解」

内緒話をする二人に目もくれず、黒川が室内の散らかりように眉《まゆ》を顰《ひそ》めた。

「手当たり次第やられたな」

彼女が零すのも無理はない。ベッドルームは旋風《つむじかぜ》が通った後かと思う有り様だった。

おまけに焦げ臭い。

「指紋の採取は大方、終わってます。窓にも玄関にも侵入の痕跡《こんせき》はなし。盗まれた物品は大体リストアップ済みです」

「有能過ぎませんか」

匡士が驚くと、戸浦はむず痒《がゆ》そうな顔をして戸口を指した。

「家主さんに聞いてください」

黒川がポニーテールを押さえて振り返る。半開きになった扉の間から、先程の幼児と同じ体勢をしていた女性がぎょっとして引っ込んだ。

「キキ、来い。山辺さん。お話を伺えますか？」

「は、はい」

匡士と黒川がリビングに戻ると、女性が当然の様にソファに座る。匡士は黒川とアイコンタクトを交わして、黒川だけが斜向《はすむ》かいに腰かけた。

「失礼します」

「話と言われても、わたしはずっと娘といたので何も分かりません」

山辺が肩に掛かったウェーブヘアを指に巻き付ける。

「通報までの経緯を思い出せるだけ余さず教えてください」

黒川が『余さず』の部分を強調して言うと、山辺は煩わしそうに髪を払い除《の》けた。黒川は職務に忠実過ぎて、その堅さが初対面の相手に疎まれがちだ。肩の力を抜けない性格らしい。

「娘が泣いていたんです。午前中に全く構えなかったので機嫌が悪くて、絵本を読んだり、動画を見たり、漸《ようや》く娘がうとうとし始めたので子供部屋を出ました」

彼女の目線がテレビボード横の扉を捉《とら》える。距離にして十メートル、扉が開いていたとしても死角を選んでベッドルームに出入り可能な位置関係だ。

「泥棒に入られたと気付いて、慌てて抽斗《ひきだし》や金庫を確認しました。通帳と株の証券が失くなっていたので、夫に連絡したら、通報はしたのかと聞かれました。その時初めて警察の存在を思い出しました」

「つまり、部屋を荒らしたのはあなたですか？」

「そうですけど！　混乱していたんです」

不自然と言えるほどの違和感ではない。何日も経ってから、事の重大さを自覚して通報してくる被害者もいるくらいだ。

感情的になる山辺に対して、黒川は気にも留めていない風に事務的に対応する。

「失くなった物を教えてください。被害をリストにします」

「もう書き出してあります。通帳と株や保険の証券類、それにクレジットカードが三枚です」

「銀行とカード会社に連絡は？」

「しました。株関係は夫が手続きをしたはずです」

「物品の被害は？」

「わたしの私物は無事でした。夫の分は本人に訊《き》いてください。今、会社から向かっています」

黒川がメモを取る。匡士はテレビボードまで退《さ》がってリビングを見回した。

リビング自体は開けているが、各部屋は扉を隔てて独立している。内装は統一感があり、ベッドルームもそれ以外の部屋も外から見る限り差はない。閉ざされた先の部屋で娘が泣いているのか、機嫌良く遊んでいるのかも知りようがなかった。

匡士は黒川が座るソファの背に手を置いて、反対の手でベッドルームを指差した。

「何故、泥棒に入られたと気付いたのですか？」

「えっ」

山辺が意表を突かれたみたいに子供っぽい表情で顔を上げる。

「部屋は荒らされてなかったようなので」

「……すみません、荒らして」

嫌味ではなかったのだが。

山辺が僅《わず》かに瞳《ひとみ》を潤ませる。黒川が匡士を睨んだ。

「飽くまで、状況の確認ですから」

「オットマンから煙が出ていて、まだ何も入れていませんでしたし、周りに火の気もありませんでしたから、すぐに放火されたのだと思いました」

異常に瀕《ひん》して敵意に直結する傾向は、日常的に危険や不安に晒《さら》されている人間に多い。特定の怨恨《えんこん》の線も視野に入れるべきだろうか。

「火が付けられていたのですか？」

「幸い、すぐに消火ボールを投げ入れたので箱の中が燃えただけで済みました。うちに犯罪者が入るとしたら放火が目的とは思えません。泥棒だと思ってパニックになってしまって」

「犯人と鉢合わせしなくて良かった。侵入者がいると思ったら、子供さんと一緒に鍵《かぎ》の掛かる部屋に籠《こも》って、我々に知らせてください。すぐに駆け付けます」

「そうですね。そうだわ……ほんとに、無事で良かった」

山辺が額を手で押さえて声音から力を抜く。匡士は二人の空気を壊さないように、足音を忍ばせてベッドルームに戻った。

中では戸浦と鑑識課職員が道具の片付けに入っている。

「戸浦さん、オットマンってどれです？」

「足置《オットマン》きなんかありましたかね」

「中が燃えてたっていう」

「ああ、此奴《こいつ》ですね」

戸浦が手袋の手でベッドの足元に置かれた木箱を叩《たた》いてみせた。

棺桶《かんおけ》に脚を付けたように見える。否、人が入るには長さが足りないだろうか。深さは充分だ。蓋《ふた》と前面に簡素な彫刻が刻まれているが、側面と裏側はニスを塗っただけの木板である。

蓋は三分割されていて、人体切断マジックショーを思い出させる。

匡士は真ん中の蓋に手を掛けた。

煤《すす》の匂いが吹き出した。

「黒焦げだな」

木箱の外側からは分からなかった。箱の中には煤がこびり付いて、蓋を開けた匡士の手袋をも黒くする。薬品で消火した痕《あと》らしい、液体が散った輪郭が残っていた。

「蓋の内側も焦げてる。火を付けて蓋を閉じたとすると、燃え広がらせるのが目的ではない」

酸素がなければ火は燃え続けられない。蓋は開けた方が効率的だ。

「犯人の知識不足で、現場が攪乱《かくらん》される事はありますがね。これを見てください」

戸浦はジッパー付きのビニール袋を掲げる。

紙の燃え滓《かす》のようだ。オレンジ色の罫線《けいせん》が引いてあり、数字が印刷されている。

「何です？」

「最近の人は知らなくとも道理。紙の通帳です」

確かに、匡士はインターネットバンキング頼りで、実家にいた時に親の通帳を目にした事があるくらいだ。勿論《もちろん》、中までは見せてもらっていない。

「被害者は通帳と証券類が盗まれたと話していた」

「証券は確認出来てません。熱で収縮したプラスチック片は御所望で？」

「ある？」

「あります」

戸浦が取り上げて見せたのはクレジットカードの残骸《ざんがい》である。

「どういう事だ？」

匡士は独りごちて、親指で下唇を押した。

夫に聞くまで断言出来ないが、山辺の見落としでなければ、犯人は盗んだ戦利品をその場で燃やして立ち去った事になる。

「燃やす事が目的？」

それにしても、持ち去って廃棄した方が留《とど》まる時間が短くて済む。燃えた痕を見せる事に意味があるのだろうか。

匡士はリビングに取って返した。

「山辺さん。最近、誰かとトラブルはありましたか？」

「いいえ、心当たりはないです。最上階に住んでいると、階下にお住まいで妬《ねた》む方はいらっしゃいますけど」

「そうですか」

嫌がらせにしては特殊な、特定の意図を感じさせる行為である。

「失礼」

匡士はバルコニーに出て縁から真下を覗《のぞ》いた。

マンションは途中まで絶壁で、十階ほど下に植樹された広いバルコニーが見える。資料には共有スペースがあり、住人が自由に使える庭園との説明があった。

首を捻《ひね》って見上げると、マンションの上部にフェンスの類《たぐ》いはない。屋上というより屋根で、人が立ち入る設計になっていないらしい。ソーラーパネルもパラボラアンテナも設置されていないのだろう。

エレベーターはカードキーで停止階が制限される。

「コスパが悪い」

匡士は手摺《てすり》に寄りかかり、眼下に街を眺めた。

何処かに犯人がいるというのに、視界の限り長閑《のどか》な風景が広がっていた。


リストは更新されなかった。

夫が帰宅して家中を確認したところ、他に盗まれた物はなく、預金の引き出しもクレジットカードの不正使用も現段階で発生していない。

「捜査に進展があったらお知らせします」

匡士は山辺に決まり文句を伝えて、娘に泣かれる前にエレベーターに乗り込んだ。

37から数字が速やかに下がっていく。見知らぬ人と居合わせる時間が若干、気まずいのがエレベーターの常だが、黒川と二人でもなかなかの沈黙だ。

匡士は一面照明の天井を見上げた。

「妙な現場でしたね」

「妙とは？」

黒川が扉を見つめたまま尋ねる。匡士も視線を外したまま答えた。

「窃盗事件とは言い難い」

窃盗は詐欺と並んで、利益が目的で行われる犯罪だ。コストと実入りが見合わなくては意味がない。殺人とは訳が違う。

「住居侵入、器物損壊、放火」

「…………」

罪状を列挙する匡士に、黒川が踵《かかと》を床に突いて足の重心を入れ替えた。

「先週もあった。覚えているか？」

「どれです？」

窃盗の通報は毎日入ってくる。

「似たような箱の被害だ」

黒川の言う事件は、匡士の記憶では風の噂程度にあやふやである。

現場は藤見市外、介護福祉事業を運営する企業『菖蒲苑《しょうぶえん》』の通所施設だ。白昼堂々、大型の家具が盗まれた事件で、我が身に起きれば署の沽券《こけん》に関わると課長がげんなりしていた印象しかない。

「別の種類の家具だと思ってました。手配写真は見ましたけど、箱の横幅は半分以下だし、脚はもっと長かったですよね」

「大雑把で悪いか。骨董《こっとう》店並みの精度を私に求めるな」

黒川が奥歯を噛《か》んだが、かく言う匡士も椅子とソファの違いすら理解していない。

「調べてみます」

「他力本願で、だろう」

黒川に先回りされても、意地を張って否定するほどのプライドは欠品中だ。

エレベーターのドアが左右に開く。

到着を待っていた小学生の兄弟がラーメン柄と餃子《ギョーザ》柄のセーターを着ているのを見て、匡士の脳内の差し入れスロットが軽やかな音を鳴らしてジャックポットした。

3

高い窓の先端に青空が映る。綿雲が冬風に流れて、向かいの建物に当たる日差しが時折翳《かげ》る。

海星は寝返りを打って、リネンのブランケットを身体に巻き付けた。

史上最古の繊維と呼ばれるリネンは古代エジプトで盛え、フェニキア人によってヨーロッパに齎《もたら》された。

フェニキア人はアルファベットの元になったフェニキア文字を作ったと言われている。

エジプトとバビロニアの間に領地を持つ都市国家を拠点に、優れた航海術を以《もっ》て地中海全域で海上交易をしていた人々だ。

当時、エジプト人のみが織り方を知っていたリネンに価値を見出《みいだ》して、フェニキア人はそれを金や宝石と取引した。

リネンを単なる交易品に留めなかったのが、フェニキア人の賢さである。彼らはエジプトのリネンで商船の帆を強化し、地盤から交易を発展させた。

丈夫さにかけて、リネンはコットンの倍、ウールと比べて四倍の強度を誇る。麻の中でも吸水性も通気性も良く汚れにくいので帆には打って付けだが、肌触りが良く、毛羽立ちも少ないので日用品としても重宝される。

フェニキア人が原料になる亜麻《フラックス》の種と織り方を流通させた事で、リネンはヨーロッパにも根付く。全盛期を迎えたのは十八世紀、ヨーロッパ発のリネンが世界を席巻《せっけん》した。

十四世紀に始まった百年戦争で栽培の衰退が起きたり、十八世紀後半に産業革命で綿織物が普及したりと、常に王者の座に居続けた訳ではないが、リネンは現代に至っても愛される布の一角を担っていた。

海星は机のタブレットに恨めしい眼差《まなざ》しを送った。

ブランケットにトマトソースが飛んでしまい、洗濯方法を調べた時に、脆弱《ぜいじゃく》な検索アルゴリズムは手当たり次第に複数のページを提示した。そこで得た知識である。

雨宮家に拾われた時、海星はチェストの中で簡素な服とリネンに包《くる》まれていた。

フェニキア人がリネンを持ち出さなければ、海星の生まれはエジプトで確定していただろう。壮大な逆恨みでしかない。

却《かえ》って、分からなくて良かったのかもしれない。

海星は膝《ひざ》を引き寄せて上体を起こした。

窓から通りを見遣《みや》ると、体格の良い青年が歩いている。石畳の中央を溝が通っているのは、パリの街をモデルにした為だ。フランスでは手洗い所の普及が遅く、十九世紀まで人々は一般にチャンバーポットと呼ばれる壺《つぼ》に用を足し、通りに投げ捨てていた。溝は汚物を流れやすくする工夫である。

彼が辿《たど》る溝は下水路部分だと教えるかは迷うところだ。青年がふと自身の猫背に気付いて背骨を反らす。短い髪と三白眼が精悍《せいかん》な顔立ちに見せるが、本人は非完璧《かんぺき》主義の無頓着《むとんちゃく》な性格だ。

スーツの左肩に小振りのバックパックを掛けて、右手に紙袋を提げている。

彼が雨宮骨董店の扉を開けるところまで見届けて、海星はブランケットを羽織り直しながら階段を下りて、店の本棚に通じる隠し扉を開けた。

「おう、海星」

店に客の姿はなく、陽人と匡士が同時にこちらを振り返る。

海星は室内履きでペタペタと歩きコレクターケースを回り込んで、匡士の手元に身を寄せた。

「もくもくさん、ごはん何？」

「焼きラーメンと餃子と炒飯《チャーハン》の天津乗せ」

匡士が紙袋を開いて見せる。紙のフードパックは熱々の湯気で早くも波打ち、歪《ゆが》んだ蓋《ふた》の隙間から香ばしいお焦げの匂いがした。

「海星」

「……ありがと」

陽人に促されては無視出来ない。海星が礼を言うと、匡士がばつの悪そうな顔で紙袋を押し付けた。

「こっちも礼の前払いというか、事件絡みでちょっとな」

「ふーん、がんばれ」

海星は無感動に言って、紙袋を抱え、隠し扉へと引き上げた。もう余計な首は突っ込まないと決めたのだ。

「少し早いけどお店閉めて夕飯にしようかな。本木先輩、手洗いうがい」

「ガキじゃねえって」

「うんうん。僕がお子様なので、お手本を見せてください」

「お前の方が器が大きいみたいに聞こえるだろ」

この騒がしさこそが若輩の証左ではないのか。海星は年上二人を放ってダイニングに戻り、テーブルにフードパックを置いた。

丸い皿に汁なしの麺《めん》、チャーシュー、味玉、ネギ、海苔《のり》、紅生姜《べにしょうが》が盛られている。紙箱を開けると焼き餃子が二枚詰め込まれており、背高のランチボックスは芙蓉蛋《かにたま》の載った五目炒飯だ。焼きラーメンは三皿あるから直《じか》に食べて問題ないだろう。

海星は椅子に座り、自分の前に丸皿を引き寄せた。

「烏龍茶《ウーロンちゃ》でいい？」

陽人が食器棚からグラスを三つ出して、冷蔵庫を開ける。

「氷なしで」

「注文が多いなあ、もくもくさん」

「どっかり座ってる奴が言うか」

匡士が呆《あき》れた顔で隣に腰を下ろす。彼は取り皿とレンゲをセットにして席に配った。

「いただきます」

陽人が手を合わせるのを合図に各々箸《はし》を握る。

海星は焼きラーメンを箸の先端で解《ほぐ》して、試しに一本啜《すす》ってみた。水気も脂っこさもないが、しっかり味が付いている。鶏出汁《だし》の醤油《しょうゆ》だ。

チャーシューはほろほろ柔らかく、味玉の味が濃すぎないのが麺とのバランスがいい。ネギと紅生姜は嫌いなので脇に除《よ》けておく。

「海星、炒飯取ろうか」

「ありがと」

海星は陽人に取り皿を渡して、匡士も食べるだろうかと彼の手元を見た。

妖精《ようせい》がいた。

匡士が持参したA4の紙だ。テーブルから滑り落ちないよう取り皿を重しにしていたのを、陽人に促され、どちらから渡そうか迷って匡士が手を泳がせた。

箱形チェストの写真が二種類、印刷されている。刑事の彼が持ってきた以上、事件絡みなのだろう。

「……食事時に見せるもの？」

アンティークとは言え、上品とは言い難い。

「そうだな、すまん。食べてからにしよう」

海星が眉根《まゆね》を寄せると、匡士が今気付いたという風に自分の取り皿を陽人に渡して、紙をバックパックに押し込んだ。

これでいい。

無理をするから失敗する。

分不相応な評価を得ようとしても己の矮小《わいしょう》さを自他に曝《さら》すのが関の山だ。

優しい兄と暖かい家、兄の友人と美味《おい》しいごはん。両親は留守がちだが家に帰れば我が子と等しく慈しんでくれる。これ以上を望むなど海星の傲慢《ごうまん》である。

幸せだ。

ここにいられる、いるだけの、何も出来ない亡霊でも。

（考えてはいけない）

海星は炒飯をレンゲで集めて、這《は》い上がってくる寒気を飲み込む動作で押し戻した。

「ごちそうさまでした」

合わせた手を開いて食器を重ねる。海星が立ち上がった時、ちょうどコーヒーメーカーのランプが消灯して時間に区切りを入れた。

「海星も飲む？」

「要らない」

食後のコーヒーは大人のアディショナルタイムだ。それに、匡士は事件の話をしたいのだろう。

海星は隣のリビングに移動して、ソファに寝転がった。

コーヒーの香りが広がる。マグカップに注ぐ小気味好《よ》い音が聞こえる。

「別件だから、無理に共通点は探す必要はない。専門家から見て、それぞれ違和感や特徴があったら教えてもらいたい」

「チェスト……」

陽人がマグカップをテーブルに置く。

「見た事ある」

「どっちだ？」

「両方」

「は？」

匡士の座る椅子が軋《きし》んだ。

「オークションの下見会で見たのだと思う。待ってね」

陽人がダイニングを出て階段を下りていく。数分と待つ事なく、彼は薄いカタログを手に戻って来た。

「あったよ。これとこれでしょう？」

カタログと印刷用紙を見比べて、匡士が息を詰めた。

「主催は？」

「株式会社、櫻田美術競売企画」

盗み聞きをするつもりはなかったが、聞こえてしまったからには気になりもする。海星はソファにうつ伏せになり、手を伸ばして家族用のノートパソコンを開いた。

櫻田美術は検索するとスポンサー枠に上がってきた。公式サイトのデザインは格調高く、細部までこだわりを感じる。一方で、開催しているオークションは特別企画や他業界とのコラボが多い。

では、扱う商品も変わり種かというと、サイトの写真には妖精が憑《つ》いており、正統なアンティークだと分かる。所属鑑定士の一覧も掲載されているようだ。

（オックスフォード大学古代史学部卒、ミュンヘン工科大学建築学部卒、元大英博物館学芸員、一人分の経歴でもポーカー出来そう）

海星は鼻白んで、仰向《あおむ》けになった腹にノートパソコンを載せた。

「南志見さんっていう買い付け担当者さんがいて」

陽人が言葉を選ぶ間を置く。彼は声を落とし、抑揚を抑えた声で続けた。

「閉場後、鉄製のチェストに挟まれて入院した」

「事故か？」

「多分。頸椎捻挫《むちうち》が治ったら会う約束をしているのだけど、先輩も一緒に行く？」

「助かる」

匡士がマグカップを置く。

その時、ノートパソコンがメールを受信した。

「連絡してみるね」

陽人がスマートフォンを手に立ち上がる。海星はメールの新着を伝えようとしたが、一足遅く、陽人は自室に戻ってしまった。

匡士が振り返りそうになる。

目が合うのが気まずくて、海星はノートパソコンの画面に向き直った。

メールの差出人は『雨宮宵』、父である。緊急なら電話を寄越《よこ》すと思うが、用件だけ陽人に伝えた方が良いだろうか。

海星はカーソルを合わせた。

呼吸が捩《ねじ》れた。

『海星のチェストの手がかりを見つけた。来歴を辿《たど》る。支度をしておくように』

添付ファイルの名称は『科学分析結果』とある。

素性が明かされる。

帰る場所が分かったら、海星の居場所はそちらに書き換えられる。

雨宮家は両親でも兄でもなくなる。

眩暈《めまい》がする。世界が揺れる。ソファの足元が海に沈んで、独り夜の暗闇に投げ出されたかのようだ。

開いたままのブラウザに表示された文字が目に入る。株式会社、櫻田美術競売企画主催『アンティークオークション　流れ着いた海の宝箱《チェスト》編』。

陽人もまた両親と同様に——

海星は覚束《おぼつか》ない手でノートパソコンを操作して、メールを未読状態に戻した。

4

三階吹き抜けの天井に巨大なシャンデリアが煌《きら》めいて、風花に乱反射する陽光の様だ。煉瓦《れんが》張りの壁を伝う水が半円の池に流れて水草に散る。

水底にコインが沈んでいるのは人間の習性だ。ホテルのラウンジに造られた人工池に加護的な効果がある訳がないと誰でも分かるのに、投げ込まずにはいられない人は何処にでも一定数いる。

　充分に間隔を空けたテーブル周りは時の流れも優雅に感じられる。アフタヌーンティースタンドをサーブされた席が多いのは、年末までクリスマス仕様の特別プランを楽しめる為だろう。

　陽人はテーブルの間を歩き、オークションのカタログが置かれた席を見付けて足を止めた。

「南志見さん？」

　呼びかけに応《こた》えて、男性が面長の顔を上げた。

　ホテルのラウンジにしてはラフな服装で、五十代の男性一人、ソーダ水を飲んでいるのも彼を周囲と切り離して見せる要因だろうか。本人に全く気にしたところがないのが、何処か旅慣れた人にも見える。きっと彼は真昼の映画館にいても真夜中の動物園にいても、そういう人だと違和感なく受け入れられるのだろう。

「雨宮さんですか？」

「はい」

「それと……」

　南志見が窺《うかが》うように陽人の後ろを見る。匡士がコートの裾《すそ》をケーキワゴンに引っかけて、ようやっと歩を再開したところだった。

「藤見署の本木さんです」

「猫間から話は聞いています。櫻田美術競売企画の南志見と申します」

匡士が会釈をして、手で勧められるまま、向かいの席に腰を下ろす。陽人が隣に座るのを見計らって、ホテルマンが水のグラスをテーブルに置いた。

「オリジナルコーヒーと」

「カフェラテください。ホットで」

ホテルマンがお辞儀をして退《さ》がる。二人が腰を落ち着けると、南志見が首を摩《さす》った。

「先日はありがとうございました。あなたが私を発見して救急車を呼んでくださったそうですね」

「お話を伺いに行って偶然。お加減は如何《いかが》ですか？」

「大分、快くなりました」

「よかったです」

陽人が微笑む隣から、ホテルマンがコーヒーとカフェラテを給仕する。陽人は鞄《かばん》から写真を取り出して、南志見に差し出した。

「あの日、お尋ねしたかった件です」

「これは……」

南志見が写真を見て、重い瞼を持ち上げた。

「十六世紀頃、ローマに出回った型だ」

「お詳しい」

陽人が思わず感嘆を漏らすと、南志見が照れたように首を竦《すく》め、左目を眇《すが》める。まだ痛みが残っているようだ。

「ヨーロッパ美術には自信があります。三十代から四十代の間、大英博物館にも勤めました」

「素晴らしい。数多《あまた》の『本物』に触れられるのでしょうね」

「そこに至るまでは苦難の連続でしたが、犠牲に値する経験《キャリア》になりました」

南志見がストローを銜《くわ》える。青い炭酸に泡が立つ。

「とは言え年齢も年齢ですから、家族の賛同を得て再就職したのが櫻田美術です。美大時代の恩人が立ち上げた会社なので、定年までこき使われる契約ですよ」

自嘲《じちょう》的に笑う南志見の表情を見るに、敢《あ》えて掘り下げる話題でもなさそうだ。陽人はカフェラテを飲んで、彼とペースを合わせた。

「写真と似たチェストが下見会にも出ていました。来歴を見せて頂く事は出来ないでしょうか？」

「アンティークの謎を暴きたい、と」

南志見が両手を組み、腿《もも》に肘《ひじ》を突いて考える。それから弛《ゆる》んだ瞼《まぶた》を僅《わず》かに上げたかと思うと、黒目だけを動かして陽人を捉《とら》えた。

「エクセレントな気概です。やはり鑑定士には熱い探究心がなくてはなりません」

「ありがとうございます」

「何の。該当のチェストはフィレンツェの骨董《こっとう》市で購入した品で、あのオークションでは華やかさで引けを取りますが、由緒正しい来歴を持つ玄人向けの逸品です。しかしながら、写真のチェストは新しい物に見えます。復刻品《リプロダクト》ですか？」

「放射性炭素年代測定では現代と結果が出ています」

数ある科学鑑定の中でも確実性の高い試験だ。

炭素を含む物質は時間の経過と共に放射性炭素の量が減少し続ける。試料の放射性炭素量を標準となる物質の量と比較して年代を特定する、言い換えれば濡《ぬ》れた地面の乾き具合で雨が止んだ時間を推定するのに近い。

「それにしても、実に腕のいい……」

南志見がブローの眼鏡を取り出して写真を繁々と見つめる。彼が長い事そうしているので、陽人は無言で匡士を確認した。

匡士は澄まし顔でコーヒーを嗜《たしな》んでいる。時間に余裕はありそうだ。

陽人もカフェラテに手を伸ばしたが、飲むには至らなかった。

「私もこの職人が気になってきました」

南志見が写真を置く。そして、こう続けた。

「今回の企画展示でチェストの資料を収集し直しました。ローマの防空壕《ぼうくうごう》から発見された大戦前の文書もあります。よろしければ、一式お貸ししましょう」

「いいのですか？」

願ってもない申し出に、カフェラテの存在が陽人の頭から消失する。把手《とって》に掛けた指がカップをソーサーに落として高い音を鳴らした。

「失礼しました」

「作った職人が判明したら紹介して頂けますか？」

「勿論《もちろん》です」

陽人は嬉《うれ》しい気持ちと気を張っていた自覚が遅れて押し寄せて、ソファ席に深く寄りかかった。匡士がこちらに小さく笑ってから前を向いた。

「質問攻めになってしまいますが、警察《うち》もいいですか？」

「ええ。でも何のお話か心当たりがなくて、お答え出来るかどうか」

ついさっきまで伸び伸び話していた南志見が、打って変わって自信なさそうに眼鏡を外す。匡士が二つのチェストの写真が印刷された紙を広げた。

「そちらで販売された家具が二件、被害に遭った事はご存じですか？」

「耳には入っています。購入時に御希望の方には保険の加入もお手伝いしていますので、猫間が対応しました」

「猫間さんは広報担当では？」

ソファから身体を起こして尋ねた陽人に、南志見は含み笑いをする。

「少人数で始めた小さな会社ですから、猫間が広報兼お客様窓口兼社長です」

「幅広過ぎません？」

匡士が半ば呆《あき》れた口調になる。

「猫間美術競売企画ではないのですね」

「『親《ファミリア》しみのある』会社でありたいという願いから『櫻田』と名付けたそうです」

「気付きませんでした」

陽人が微苦笑する。

説明を聞かなければ分からないユーモアだ。

「あの人の悪い癖です。やたらと立場を軽く見せたがる」

「やたら偉そうに見せたがる威張りん坊と足して割って欲しいっすね」

「威圧的なのも困りますよね」

南志見の慣れた物言いで、顧客からいつも言われるのだろうと想像出来た。

「被害に遭った家具に共通点はありますか？　犯人の目的と、次が起きないかどうかの判断材料にしたい」

「私には分かりかねます。十七世紀のスペイン製と十八世紀のオランダ製で、仕入れ元はアメリカ経由とドバイ経由。所有者が被《かぶ》っていた事もありません」

「へえ……」

コーヒーの水面が不規則に波打った。

「何ですか？」

「周到に聞こえて。訊《き》かれると分かっていたかのようだったので」

「予想は付いていました。それに」

　南志見がストローを指で挟んでグラスの縁で折る。彼が何度かそれを繰り返すと、ストローに筋が残った。

「私が入院した話はお聞き及びでしょうか？」

「雨宮が発見したという」

「そうです。安全品質が当社の方針で、私はチェストのクリーニングをしていました。その時、私は確かに、蓋《ふた》にストッパーを付けていたのです」

　言われてみれば奇妙《おか》しな話だ。どんな作業でも事故防止の為に二人一組で行い、難しい場合に備えて様々な対策を取るのが一般的である。

「閉まるはずがなかった」

「はい。今思い返してみると、会場で何かが動いた気がして二度ほど呼びかけたのです。誰もいる訳もないと思ってクリーニングを始めて数分もしない内に、蓋が落ちてきました。私は顔を突っ込んで作業をしていたので首を……」

「どうして通報しなかったんですか？」

「病院ではドジを踏んだとしか思わなかったのです。猫間にも不注意をこっぴどく叱られました」

　社長の肩書きを知った今、彼の怒りが責任問題だと解る。

「ですが、販売したチェストの被害を聞いて、社内の数人が海賊の残留思念ではないかと言い出して、お祓《はら》いまで提案される始末です。でも、仮に生きた人間の仕業だとしたら、私でなくチェストが目的だったのでしょうか」

南志見が掠《かす》れた喉《のど》を潤そうとしたが、ストローが折れてソーダが吸い上げられない。

折り目に空気が溜《た》まって治りかけの傷口の様にじわじわと泡立つ。

海賊の宝箱と時代の異なる二つのチェストに関連はあるのだろうか。

(何が見えるか聞いてみたいな)

陽人の脳裏に海星の顔が過《よぎ》って、その余りの仏頂面に笑みが零《こぼ》れる。頼る気持ちが全くない訳ではない。だが、海星がしたいようにするのが一番だ。陽人は兄としてそうできる環境を守るだけである。

「お話、ありがとうございました」

匡士が礼を言って残りのコーヒーを飲み干す。

「雨宮さん。私はこの後、病院の予約があるので、事務所で資料を受け取れるように手配しておきます」

「よろしくお願いします」

陽人が相好を崩してお辞儀をすると、南志見が謙虚に何度も首を振る。頸椎捻挫《むちうち》が完治していないのだろう、斜め右を向いた瞬間に電流が走ったように硬直したので、陽人と匡士は慌てて席を立ち、左右から彼を支えた。

＊

地下帝国から神殿が生えるファンタジーだとしたら完璧《かんぺき》なロケーションだ。

黒川は門の前で唖然《あぜん》とした。

電車に揺られ、足を延ばして辿《たど》り着いた街中の一角に、突然古代ローマの神殿が建っていたら、大抵の人は驚きを通り越して放心するに違いない。それでいて施設の名称は、

「介護福祉施設、菖蒲苑」

黒川は門柱の表札を読み上げて、右手を腰に当てた。

チェストの窃盗に見舞われた菖蒲苑は藤見署の管轄外になる。警察署は地区ごとに事件を捜査して、同一犯の確証がない限り、管轄区域を跨《また》ぐのは御法度に近い。

今回も、黒川は『藤見市タワーマンション侵入及び放火事件』の捜査の一環だ。

「櫻田美術……」

部下の本木が入手した情報で、被害に遭った二件のチェストは同じオークション会社で販売された事が判明した。

櫻田美術競売企画は業界星評価で4前半と悪くない。

星を削った要因の評価は削除済みだった。番付サイトの担当者によると、内容は弁護士を介した申し立てで削除されたが、下がった星は回復しないシステムらしい。

評価は口コミで構成されており、マイナス評価を付けたユーザーがいただけに過ぎない。根拠のない誹謗《ひぼう》中傷に毅然《きぜん》と対応する会社と認識されたのでイーブンだろうと、担当者は本気かシステムの欠陥の言い訳か分からない事を言っていた。

高評価の上位には「来歴が明確」「鑑定士の経歴が信用出来る」「運搬が丁寧」などが挙げられる。顧客とのトラブルは噂にも聞こえなかった。

(三ヵ月前、海外サーバー経由の投稿。無視していいものか手がかりがなさ過ぎる)

黒川は嘆息して、今は目の前の相手に集中する事にした。

神殿の円柱は豪奢《ごうしゃ》だがさほど高さはない。正面玄関が開け放されており、右へ行くと事務所、左へ行くとデイサービスの建物が隣接しているようだ。

黒川は館内図を記憶して、右手に進路を定めた。

「御家族の方ですか？　そちらに利用者さんはいませんよ」

背後から声を掛けられる。クリーム色のエプロンを着けた女性が不審がる顔で黒川を見ていた。

一見するとふくよかな体型だが、動きで筋肉質なのが分かる。アスリートとは別種の美しさを持つ、生活に即した筋肉だ。後天的な顔立ちで常日頃から笑顔で過ごしているのが見て取れるも、部外者の黒川に対しては防犯意識を強く示して、刑事として受ける印象は好感の塊の様な人間である。

黒川は機敏な動作で応《こた》えて、彼女の方へ引き返した。

「藤見警察署の黒川と申します。先週起きた窃盗事件についてお話を伺えますか？」

「まだ解決しないんですね」

女性は諦《あきら》めた風に息を吐く。

「士長をしております、村橋《むらはし》です。お話ならここで」

腰を据えずに短時間で役目を果たす気らしい。益々、好感が持てる。

黒川は脳内で手早く質問を列挙した。

「まず確認させてください。家具以外の被害はありましたか？」

「クリーニング業者から納品された直後のシーツが一枚と、それが入っていた洗濯ワゴンが一台無くなりました」

「金銭的被害は？」

「ありません。事務所は暗証番号入力の電子キーで施錠されていて、介護福祉士と職員以外は入れませんでした」

村橋の答えは整然として気持ちが良い。

犯人は家具をワゴンに積み、シーツで隠して持ち去ったと考えるのが自然だろう。

「家具は何処に？」

「ここです」

村橋が玄関ホールの壁に飾られた油絵を指差す。

「絵の下に飾られていました」

「成程。往来に紛れて堂々と持ち去った訳ですか」

「……あなた、本物の刑事ですか？」

「そうですが」

黒川は一度仕舞った警察手帳を開いて、今度は顔写真付きのＩＤを提示した。

村橋が黒川と写真を見比べて唸《うな》る。

「事件後に来た刑事は偉そうに質問して、面倒くさそうに答えを聞いて、記憶違いはないかと疑ってきました。あなたは何と言うか……話が早い」

「そうですか」

特に同意も否定も必要あるまい。黒川の冷めた相槌《あいづち》に、村橋は気分を害した様子もなく、逆に黒川との距離を詰めて俚耳《りじ》を阻んだ。

「刑事さん、関係ないかもしれない話をしてもいいですか？」

「どうぞ。情報整理と取捨選択も刑事の仕事です」

村橋が安堵《あんど》で眉《まゆ》を開いた。

「事件前の週末です。トレンチコートの襟を立てて、ハンチング帽子を深くかぶった男の人が玄関先をうろうろしていました。利用者さんが通る度に呼び止めたらしく、気味が悪いと相談されて、交番から警察の人に来てもらいました」

「あなたは見ていない？」

「はい。警察を呼んでからは現れていません」

不審な人物の目撃情報は、交番から自治体に共有される。市からのアナウンスを見て退いたのであれば、理性的な判断能力を持つ人物と言えるだろう。

「利用者さんは御無事でしたか？」

「暴力は振るわれなかったそうです。ただ、苑長《えんちょう》を呼べ、不幸が起きる、と喚《わめ》いていたと聞きました」

「利用者と職員の見分けが付かなかった？　だとして『不幸が起きる』とは」

「実際、窃盗事件がありました。でも、余計な話をすると刑事にうんざりされます。通報の記録があるから知っていると思って言わなかったんです」

村橋が下を向いてエプロンの捻《ねじ》れた肩紐《かたひも》を直す。自分の意思で話せば不快を示され、沈黙しても怒られるのではないかと逡巡《しゅんじゅん》したストレスを思うと気の毒でならない。

「御協力ありがとうございます。犯人逮捕に全力を尽くします」

「ええ、ええ！　よろしくお願いします」

村橋が明るい表情で頭を上げたので、黒川は真っ直ぐ頷《うなず》き返した。

謎の予言者と、窃盗事件。

(関連は見えてこないが、一応、情報共有しておくか)

菖蒲苑を後にする。黒川は門柱の陰で足を止め、同僚宛てにメッセージを送った。

5

日本国内にはダンジョンと揶揄《やゆ》される駅が存在する。

無数の線が乗り入れる東京《とうきょう》駅、人が集まる新宿《しんじゅく》駅、複数の駅が混在する梅田《うめだ》駅、そして常に変形し続ける生き物めいた横浜駅。

匡士が生まれた時には既に工事中で、二十五歳になった現在でも工事は完了していない。三十歳の黒川も、五十路《いそじ》を行く両親も同じ事を言っていた。

先月までビニールシートが張られていた天井で、真新しいＬＥＤ照明が綺麗《きれい》な白色を灯《とも》している。最短距離の改札を目指そうとすると通路が塞《ふさ》がっており、迂回《うかい》を余儀なくされた。

「素直に地上を移動した方が早かったかもな」

「着けば百点だよ」

暢気《のんき》な陽人は半日迷っても同じ事を言いそうだ。

匡士は通知で割り込んできたメッセージを読み終えると、地図アプリ諸共《もろとも》画面を消して、ロータリーから外れたビルを見上げた。

幅の狭い階段の下にエレベーターが設置されている。手前で立ち止まると軒先の壁面に案内板があり、七階に『(株)櫻田美術競売企画』のロゴが入っていた。

エレベーターのボタンを押すと、外からも聞こえるほど不吉な音がする。

「七階か」

歩いて上れない事もないが億劫《おっくう》だ。

「本木先輩、行こ」

「おー」

匡士は冬眠明けの熊よろしく、のそのそとエレベーターに乗った。

七階、ドアを出て一歩目から踏み心地の柔らかい絨毯《じゅうたん》敷きで、目隠しの衝立《ついたて》もない。ビルの最上階だから通過者を想定していないのだろう。

匡士と陽人がフロアの戸口に立つと、ブラインドの下りた窓辺から洒落《しゃれ》たスーツの男性が近付いてきた。

「猫間さんだよ」

陽人が小声で言う。

男性の方も陽人に会釈をして、窺《うかが》う視線を匡士に向けた。

中肉中背、身長の割に歩幅が広い。貫禄《かんろく》のある風体の半分は顎鬚《あごひげ》の効果だろう。

男なら一度は鬚を蓄えた自分を夢想するのではないだろうか。匡士はした。が、残念ながら、匡士は鬚が伸び難《にく》い体質で、サンタクロースは疎《おろ》か磁石で集めた砂鉄より貧相な無精鬚《ぶしょうひげ》で終了した。

選択肢のある彼が羨《うらや》ましい。匡士は無関係な羨望《せんぼう》をポケットに仕舞った。

「初めまして、藤見署の本木です」

「お疲れ様です。広報担当の猫間と申します」

「兼、社長をしてる？」

匡士がジャブを打つと、猫間がハリウッド俳優みたいに大袈裟《おおげさ》に天を仰いだ。

「南志見が言ったのですね。昔から勤勉を売りにして人に取り入るのが巧《うま》い奴です」

猫間の快活な笑い声が棘《とげ》を忍ばせているのは気の所為《せい》だろうか。初対面の相手に悪意を晒《さら》しても自身の印象を下げるだけである。

「大英博物館からヘッドハントしたとか。優秀な方なんですね。勿論《もちろん》、帰国を決意させた御社に魅力があるという話でもありますが」

「当然です」

匡士の軌道修正に、猫間が太い眉の下を翳《かげ》らせる。それ以外の道はないと言わんばかりの鋭い目だ。

二人に息を呑《の》む隙も与えず、猫間はすかさず満面の笑みを浮かべ、

「親友ですから」

と空気を軽くした。

「コーヒーでも如何《いかが》ですか？」

「お構いなく。用が済めばすぐお暇《いとま》します」

「協力は惜しみません」

猫間が窓辺のデスクへと引き返すので、匡士も陽人と共に移動した。

「警察では連続器物損壊事件の可能性も視野に入れています。前回のオークションでの購入者リストを提供して頂けますか？」

「そう来ると思っていました」

南志見の事情聴取を受けて、警察の動きを予見していたらしい。猫間はデスクから二通の封筒を取り上げると、それぞれクリアファイルを取り出して中身を確かめた。

「連続性の根拠は当社ですか？」

「言い切れません。確証が得られるまでは個別の事件として扱います。いずれも高価な骨董《こっとう》品ですから」

「そうですね。タワマンの方は南志見の入院で販売も遅れましたし、当社が標的でしたらうちの倉庫を襲撃したでしょう。手っ取り早い」

「オークションで同日に落札されたのでは？」

「落札はされましたが、クリーニングが終わっていなかったのです」

猫間が書類の束から一枚を引き抜いて、電動シュレッダーに掛ける。

「クリーニングというのは具体的に？」

骨董品も再販売前にオーバーホールが必要なのだろうか。匡士が隣を見ると、陽人がピーマンを口にしてしまった時と同じ顔をしている。僅《わず》かな変化に猫間は気付いていない。陽人が密《ひそ》かに微笑みを整えた。

「櫻田美術さんでは洗浄と防虫、抗菌加工をすると聞きました」

「ええ、骨董品はペストやスペイン風邪の時代を生き延びてきました。表面にどんな菌が付着しているか分かりません。お客様の安全第一です」

「材質への影響はどれほどですか？」

「その辺りは南志見がこだわっています。仕入れ販売して終わりではない。我々は骨董品もお客様も責任を持って保護すべきです。そうでしょう？」

「勉強になります」

「若い方には是非、学んで頂きたい。これが資料、こちらが購入者リストです」

猫間はファイルを封筒に入れ、左右の手で陽人と匡士に差し出した。

「ありがとうございます」

「ご健闘をお祈りしております」

匡士が封筒を摑《つか》んでも猫間はすぐに渡さない。彼は視線を合わせて封筒を引き合ってから、揶揄《からか》うように指を離した。

不安な音を立てるエレベーターで無事、地上階に着いて、匡士は寒風吹き荒《すさ》ぶ外に飛び出した。ワイヤーの振動が籠《ケージ》全体に響いて生きた心地がしなかった。

「先輩、顔色悪いね」

平然と言われて、匡士のどうでもいい負けず嫌いが出てしまう。

「陽人こそ不愉快って顔してたぞ」

「クリーニングの事？　不愉快ではないよ。不思議だなあって」

そう言えば、陽人はピーマンにも不思議な味がすると首を傾げていた。

匡士はビルを見上げて、返す目で陽人に歩を促した。上から見られていても会話を聞かれはしないが、猫間には隙を見せてはならない強《したた》かさを感じる。

陽人がレコード店の窓を飾る紙ジャケットに気を取られながら話を継いだ。

「埃《ほこり》や曇りを拭《ぬぐ》ったり、破損を修復したりはするのだけれど、新品同然にする事はお客様も望まない。骨董品は古びた風合いが魅力で、贋作《がんさく》は古く見せる為にわざと煙草の煙や煤《すす》で汚される事もある」

「セールスポイントとして押し出すものじゃないんだな」

「どの店でも手入れは常識の範囲でするからね。前に聞いた時、櫻田美術の実績を調べてみたら、今回の企画展以前はクリーニングを強調していなかった」

「何だそりゃ」

「だから不思議だなあって感想」

違和感も陽人に掛かると長閑《のどか》に聞こえるので判断が狂う。

彼は帰宅を待ちきれない子供みたいに、封筒を覗《のぞ》いてクリアファイルに手を掛けた。

「海星の？」

「チェストの製作者が分かるかもしれない」

陽人が信号で立ち止まる。車が通る様子はなく、数歩で渡り切れる細道でも青を待つのが彼らしい。匡士も職務上、待たねばならないのでちょうど良い。

「海星は元気か？」

「変わりなく」

「変わろうとしてただろ」

「……うん」

陽人が瞳《ひとみ》の光を弱める。

「世界と繋《つな》がりたい、貢献したいと願うのは素晴らしい勇気だと思う。失敗してもまだ中学生だから、大人としては諦《あきら》めずに何度でも挑戦すればいいと言いたくなるけど、傷の深さも治る速さも他人が決められる事ではないからね」

匡士は一部始終を聞いた訳ではない。キャビネットの依頼は平和的に解決したように見えたが、兄馬鹿の陽人が口を噤《つぐ》むからには、顛末《てんまつ》の間に海星が重大な失敗をしたのだと推測が及んだ。

しかし、部外者だからこそ見えるものもある。

「本人がしたいように、お兄ちゃんは見守るだけです」

冗談めかした言い方をして陽人が微笑む。

第三者の匡士には、彼らがお互いに気を遣って目を背けているようでもどかしい。

青信号を渡り、また赤信号で止まる。隣の信号から音楽が流れると、野球の練習着を着た小学生達が横断歩道を走り出した。戯れる笑い声は楽しげだ。

「受け取る側がスルーして他の奴に渡しちまったら、次のボールは投げたくても投げれんだろうな」

「？　他の人から投げ返してもらえばいいと思う」

言うは易しだ。

長い赤信号は今暫《しばら》く変わる気配がなく、陽人が到頭、クリアファイルを取り出す。匡士は何の気なしに紙面を見た。

日本語の資料に英語の新聞記事、言葉通りの資料が詰め込まれている。匡士には欠片《かけら》も理解出来そうにない。陽人は次から次へと紙を捲《めく》っていたが、不意にページを戻して文字を読み始めた。

手描きの紙をカメラで撮って、写真をそのまま印刷したような粗い画像だ。崩した文字にアルファベットの輪郭を探すも、英語にはない文字がある。

平面と立体の図形が野放図に散らばる中に、立方体と展開図が描かれていた。

「設計図みたいだな」

「昨年発見された、ミケランジェロのスケッチと書いてある」

「へえ」

隣の青信号が点滅する。匡士は信号待ちに左折車がいないのを確認して前を向いた。赤信号が終わる。

「陽人」

「あり得ない」

陽人にしては荒い語調に面食らったのは匡士だけではない。陽人自身もハッと目を開いて、いつもの笑顔で塗り替えた。

「本木先輩。僕、帰るね。今日はありがとう」

「読みながら歩くなよ」

「任せて」

陽人がクリアファイルを封筒に入れて、小さく手を振り、裏路地に逸《そ》れる。

「ミケランジェロの強火ファンじゃあるまいし」

匡士が視界の端で青信号を捉《とら》えると同時にスマートフォンが震えた。

「お疲れ様です」

「キキ、そっちはどうだ？」

間髪を容《い》れず、黒川が本題に入った。

「例のオークションの購入者リストを入手しました」

現時点で、被害状況の共通点は櫻田美術競売企画のみ。分かっている部分から洗うしかない。

黒川が唸《うな》る後ろで免許証更新の案内が聞こえる。署に戻ったようだ。

「購入者全員の保護は現実的ではない。迂闊《うかつ》に注意喚起をして、あの会社で家具を買うと窃盗被害に遭うなどと不名誉な誤解を広めればこちらが訴えられる。被害者から動機を絞れないか？」

「無理を言わないでください」

オークション会社の社員、傷害。三週間前。

介護福祉事業者、盗難。先週。

タワーマンション最上階の住人、放火。昨日。

誰が見ても、何処を取っても、何ひとつ合致しない。

「同一犯にこだわらず、単独犯の線で詰めていく方が確実では？」

「キキ」

「！」

耳に当てたスピーカーから、黒川の鋭い厲声《れいせい》が匡士の鼓膜と脳を刺す。

「同一犯だった場合、まだ被害者が増える可能性がある。事が起きてから動くだけが刑事ではない」

「……御尤《ごもっと》もです」

匡士は空の左手で顔を覆った。

黒川は堅物で融通が利かず、男女共から煙たがられる事もあるが、刑事の立場に誰より忠実だ。匡士とて志がない訳ではない。が、時折、無意識に弛《たる》んだ気をこうして引き締められる。

(ああ、そうだよな)

この感覚。

氷の剣で斬られたみたいに血の気が引き、体温が下がり、気が遠くなる。

肩肘《かたひじ》張った黒川より自分の方が他人と上手《うま》くやれていると、少しも思ったことがないと匡士は言い切れるだろうか。羞恥心《しゅうちしん》で顔だけが燃えるように熱い。

(しんどい)

理屈では解っていても、すぐに前なんて向けない。

「一時間後に捜査会議を開く。食事を済ませて戻りなさい」

黒川が通話を切る。また課長とひと揉《も》めして、それでも彼女は最善を通すのだろう。

「あー、何が大人だ」

匡士が曇り空を仰いで反省している間に、信号が再び赤に変わった。

6

鳥の囀《さえず》りが海星の耳を擽《くすぐ》る。裏庭に生《な》るカラスザンショウの実を突《つつ》きに来るのだ。

西から流れる雨雲が空の色を濃くしていく。薄い雲間に見えていた青はいつしか消えて、海星の瞼《まぶた》を重くした。気圧が下がると眠くなる。

この家にいつまでいられるのだろう。タイムリミットが迫っていると理解しながら、力が抜け落ちて身体を動かす気になれない。難しい事も考えたくない。考えると胸の空洞が真空の様に拉《ひし》げて潰《つぶ》れそうになるからだ。

毛布に包《くる》まって背凭《せもた》れを倒したベッドチェアに横たわれば、出ていないはずの太陽が不思議と空気を暖めてくれる。サンルームのガラスがコツコツと叩《たた》かれて鳥の嘴《くちばし》を想像させたが、海星が毛布の陰から薄目を凝らすと、鳥の百倍、図体《ずうたい》の大きい匡士がガラス戸をノックしていた。

「…………」

海星は寝汚《いぎたな》くベッドチェアに居座っていたが、流石に無視し続けられない。遂《つい》に観念して足を下ろし、立ち上がってガラス戸の鍵《かぎ》を外した。

「兄さんと一緒じゃないの？」

「途中で別れた。まだ帰ってないんだな」

匡士が我が家の様に勝手知ったる仕種《しぐさ》でガラス戸を閉める。家にも入りたければ入るだろう。海星がベッドチェアに胡座《あぐら》をかいて水筒の蓋《ふた》を捻《ひね》ると、匡士がもうひとつのベッドチェアに腰を下ろす。元から潑剌《はつらつ》とエネルギッシュな人ではないが、今日は一際、怠《だる》そうに見えた。

海星はいちごオレに口を付けた。甘みが脳に回って目が覚めるのを感じた。

「サボり？」

尋ねると、匡士が苦笑いする。

「仕事でミスして反省中」

「へえ」

「興味なさ過ぎだろ」

事実、匡士が昇進しようが転職しようが海星にとって何の違いもない。

(……一個、ある)

興味というより不安、恐怖に肉迫する関心だ。

いちごオレの甘みが舌の上でざらりとした苦みに変質した。

「全部調べた？」

「何を」

匡士が肩の付け根を回して首を鳴らす。

「チェストを捜査しているんでしょ。兄さんと一緒に」

アンティークの来歴は記録が詳細であるほど信用を得る。歴代の所有者、取引価格、修復内容、製作年に製作者。百年以上の時を遡《さかのぼ》るディーラーが、高々数十年を辿《たど》れないはずがない。

時間の問題だった。両親と兄が——雨宮家が海星の帰る場所を探しているのなら、この家は初めから一時身を寄せるだけの、雨宿りの大樹でしかなかった。

海星だけが暢気《のんき》に忘れていた。忘れていたかった。

「俺は結局、箱から出られない」

水筒の密閉ゴムが軋《きし》む。

「俺の身体が丈夫だったら皆の役に立てたのに。もっと賢ければ、人と話すのが得意だったら良かった。大人だったら周りの見る目も違って、きっと上手にやれた」

溢《あふ》れ出した言葉は鉤針《かぎばり》の様に心を抉《えぐ》り、次の言葉を引き摺《ず》り出す。

「箱から出られたら、存在していいと思えたのに」

水筒が手から逸《そ》れて落ちる。海星は毛布の中で蹲《うずくま》った。

抱えきれなくて吐き出した癖に、人に聞かせた事を既に後悔し始めている。

「おれは所詮《しょせん》、他人だからな」

匡士の冷たい物言いに、苛立《いらだ》ちと脱力が綯交《ないま》ぜに起きる。

「『他の人』から無責任に投げ返してやるよ」

「投げ返すって何を？」

海星は捨て鉢な気持ちで毛布を乱暴に下ろした。思ったより匡士の距離が近くて密《ひそ》かに怯《ひる》んだ。

匡士が両腿《りょうもも》に肘を載せて手を組む。前傾して目線の高さを合わせる瞳《ひとみ》は真剣だ。

「人間、行き詰まると道なき道に迷い込む。自分の基準が分からなくなって、正しさを欲するあまり、人と比べて他人に倣い、大義を求め、正義に狂う。そうやって目を逸らしている内に、新たな悩みを自ら拵《こしら》えて、本来の悩みを変質させて、論点がずれたまま絶望だけがリアルに迫って囚《とら》われる」

正しくて何が悪い。綺麗事《きれいごと》を嘲笑《あざわら》うのは貫き通せなかった敗北者だ。

頭の中で正論を探して練って反抗するごとに、鎖の形をした重圧が海星に巻き付くのを感じる。

「大勢の役に立ちたい。御立派。存在意義が欲しい。誰だって思うさ。でも、お前の『欲』はそこにないだろ」

「欲なんて……」

「失敗のショックに惑わされるな。人は矮小《わいしょう》でいいんだ」

一般常識、良識、社会通念、社会責任。人から見た自分。

許されたい。

役に立ちたい。

その時、家側の玄関扉が開かれた。

「ただいま、海星」

陽人が海星を見付けて優しい微笑みを湛《たた》えた。

「先輩、来ていたの？」

「おう」

匡士が水筒を拾って砂を払う。

呼吸が軽くなる。雲越しの太陽が暖かく、時の流れは緩やかだ。

彼が海星を見付けてくれた。守ってくれた。

万人でなく、兄の役に立ちたい。

いずれ叶《かな》わない願いになるとしても。

海星は自身の頬を摘《つま》んで痛みを確かめ、頭を振り上げた。

「もくもくさんが言うから」

「何だよ」

「兄さん。オークションのカタログを見せて」

「うん」

陽人が快く引き受けて、家の中へ踵《きびす》を返す。一分と経たず、彼はカタログを手にサンルームに戻ってきた。

「二人で何の話をしていたの？」

「人生哲学」

「ケーキのイチゴを食べるタイミングかな」

陽人は匡士のあしらいだけが雑だ。そういう友達関係もいいかもしれない。優しい兄と別れる事になっても、どちらかが地上から消えてなくなる訳ではないのだから。

（雨宮家《かれら》が別れを勧めるなら、腹を括ろう。弟として、最後の恩返しだ）

海星は風に斬り付けられたような心臓の痛みを宥《なだ》めて、カタログを開き、出品物の写真を眺めた。

綺麗なチェストが並んでいる。写真に写っても、妖精《ようせい》はGIF画像《アニメ》みたいに動き続けるから面白い。どのチェストにも個性的な妖精が憑《つ》いており、ペインテッド・チェストなどは図柄の植物が枠の外まで茎を伸ばして花畑を生い茂らせた。

「被害者か被害に遭った家具に共通点がないか調べてるとこだ」

昼食時、匡士が陽人に見せたチェストは二つ。海星はそれしか見ていなかったから、チェストのオークションだと思わなかった。

「被害は三件」

「陽人に聞いたのか？」

匡士が陽人を見上げると、陽人が小さく首を振る。

彼が知らなくとも無理はない。通りの中央を平然と歩く人だ。公式サイトの案内文にも納得が行く。

モップで骨董《こっとう》品を磨き続けるふくよかな妖精。

蓋の上で寄せ集めた泥濘《でいねい》で泥玉を作り上げ、所構わず投げ付けてははしゃぐ妖精。

ボロ布に身を包み、綺麗なドレスの切れ端を握り締めて落涙する妖精。

「犯人が狙ったのはこの三つじゃない？　だって——」

海星の推理をお終《しま》いまで聞いて、匡士と陽人が押し黙る。

「本木先輩」

「だとしたら、犯人は」

やがて雨雲が立ち籠《こ》めて、サンルームのガラスに雨粒が打ち付けた。

＊

鉄骨組みの天井に豪雨がノイズを反響させる。

空調が温度と湿度を快適に保つ。生命維持装置とも呼べるエアコンの奮闘を無駄に感じるのは、広いフロアに人間二人と家具がひとつしか存在しないからだろう。

「馬鹿でかい貸し倉庫とも漸《ようや》くお別れだ」

猫間が充《み》ち足りた笑みで顎鬚《あごひげ》を撫《な》でる。

海の宝箱オークションに出品されていた家具、最後の一点の発送に手こずった原因は、品質保証を担当する南志見の入院に他ならなかった。

「すみません」

「仕方ない。買い手の海外旅行と退院時期が嚙《か》み合ったのが不運だった」

猫間が両手を広げて肩を竦《すく》める。

南志見は書類に目を伏せ、発送前のチェック項目を鉛筆で追った。来歴、鑑定書、状態確認、保険加入、クリーニング。

細く削った鉛筆の芯《しん》にヒビが入って墨の粉末が散った。

「やめましょう。やっぱり」

「『やっぱり』？」

猫間が眉《まゆ》を大仰に持ち上げる。南志見は一層、深く俯《うつむ》いて書類をかき抱いた。

雨音が五月蠅《うるさ》く屋根を叩《たた》く。

「例の事件、うちは無関係だよな？」

「あ、当たり前です」

南志見が勢い良く振り返ると、猫間が音もなく迫って間近に立っている。猫間は更に詰め寄って、南志見を真正面から睨《ね》め下ろした。

「どちらに転んでも一蓮托生《いちれんたくしょう》。南志見、お前も共倒れは御免だろう？」

「困ります」

「苦労して遠回りしてやっと入社出来た優良企業だもんな」

猫間が豪快に笑って南志見の肩を叩く。骨が太い、岩の様に重い手だ。

「事件とは無関係ですから」

「そうだったな」

猫間に更に二回叩かれて、南志見の腕が痺《しび》れたみたいに動かなくなった。

チェックは残すところ一項目。割れた芯がタイル床に落ちる。南志見の横から手を伸ばして、猫間が書類を取り上げた。

「後は私がやっておく。完売記念にシャンパンでも買って帰るといい。家族へのフォローはマメにするのが円満の秘訣《ひけつ》だ」

「お先に失礼します」

南志見は夢現《ゆめうつつ》の狭間《はざま》にいるかのように虚《うつ》ろに応《こた》えて、かくりと頭を垂れると、出口の方へ引き返す。彼がパイプ椅子に置かれたジャケットを羽織り、鞄《かばん》を持ち上げる。しかしすぐにそれを床に下ろしたのが、猫間の視界には入らなかった。

クリーニングの項目にチェックを入れようとして、家具の蓋《ふた》に飛んだ鉛筆の芯の欠片《かけら》に気付く。

パイプ椅子をたたむ音が豪雨に呑《の》まれる。

猫間が蓋に顔を近付けて、息で鉛筆の芯を吹き飛ばそうとした瞬間、パイプ椅子を摑《つか》んだ両手が敵意を帯びて固く握られた。

「！」

「えっ、うわ！」

猫間が家具にしがみ付く。

南志見は左右から二の腕を摑まれて、長身の男性とポニーテールの女性を交互に見た。

「藤見署の刑事さん。何で……」

「どうも」

黒川が息を切らせて肩に掛かった髪を背に遣《や》る。

本木は余った方の手でパイプ椅子を摑むと、引き剝《は》がすようにして南志見から取り上げ、広げて床に置いた。鼓膜を削る金属音が南志見と猫間を萎縮《いしゅく》させる。

「南志見さん」

「誤解です」

「落ち着いて、話をしましょう」

本木が低い声で語りかけて、猫間が背を預ける家具を指差した。

「これが三台目の『コモード・チェスト』ですね」

沈黙を雨音が塗り潰《つぶ》した。

7

傷害未遂にも満たない、南志見はパイプ椅子を持って猫間の背後に立っただけだ。

しかし、動揺は語るに及ばず。それは南志見以上に猫間に色濃く表れていた。

「警察が当社の売り物にケチを付けにいらっしゃったので？」

「難を挙げるとすれば売り方ですかね」

匡士は猫間に手を貸して身体を起こし、パイプ椅子に座らせた。

「菖蒲苑が購入した箱形チェストは、来歴によると一八二〇年に団子脚を付けられています。高さが十センチ余り高くなった格好です」

「アンティークも作られた当時は生活用品です。環境に合わせて変形させる持ち主がいるのは極一般的な事です」

「そうみたいですね。山辺家が買った箱形チェストも、蓋が三等分されて部分的に開くように改造されていました。ところで、山辺家がどんな用途であれを購入したか聞きましたか？」

「さあ」

猫間が不可解そうに南志見を見遣る。南志見も首を左右に振って知らない様子だ。

「足置き《オットマン》です。箱形チェストにクッションを敷いて使う予定でした」

「どう使おうとお客様の自由です」

「そこです。家具は本来の使い方でない活用をされる事がある」

匡士の言葉に、猫間の首が筋を立てる。

南志見が下唇を噛む。

匡士はパイプ椅子を迂回《うかい》して、最後の家具の方へ移動した。

「団子脚は何故、必要だったのか。蓋を三等分した所有者の用途は何か」

最後の家具は匡士の腰より三十センチほど低く、横幅は一メートル強、正面にはシンプルな幾何学模様が彫刻されている。ところどころ黒ずんでいるがニスのお陰で全体が艶《つや》やかだ。

匡士が被害に遭った箱形チェストの写真を陽人に見せた時、海星はあからさまに嫌な顔をした。

『……食事時に見せるもの？』

事件の話をされては消化に悪いという意味に受け取ったのが、匡士の早合点だった。

「団子脚は座りやすい高さにする為、分割した蓋は開閉時に匂いを抑える為」

匡士は最後の家具の蓋を開けた。

箱形チェストの中は空洞であるべきだ。服や道具を収納する整理箪笥《だんす》に機能性を求めた家具職人は、後に抽斗《ひきだし》箪笥を発明してそちらが主流になっていった。

ところが、最後の家具には円形を刳《く》り貫《ぬ》いた板が中央に固定されている。

「中世、ヨーロッパに上下水道が整備された国は少なかった。有名なところではフランス、人々は用を足す時、チャンバーポットと呼ばれる壺《つぼ》を使い、中身を外に投げ捨てていました」

「あの……」

「喋《しゃべ》るな、南志見」

「でも」

猫間と南志見の狼狽《ろうばい》は最早《もはや》、誤魔化《ごまか》し切れるものではない。

黒川が爪先《つまさき》を向けて二人を牽制《けんせい》する。

「十五世紀のパリで、ペストの流行で各家に手洗い所を設けよと王令が出ます。二百年後のヴェルサイユ宮殿にすら手洗い所は一箇所しかなかったとまことしやかに語られるほど、政策はなかなか広まりませんでしたが、主に裕福な人々は手洗い用の家具を作らせたり、持っている家具を改造したりしてチャンバーポットを収納しました」

円形に刳り貫かれた板はポットを置く枠だ。

匡士は蓋から手を離した。箱形チェストが閉じてアルコールの匂いが鼻を突く。

「骨董品《こっとう》がどんな用途で使われていたのか、現物だけでは一流の鑑定士でも判断が付かないそうですね。家の大きさに合わせて脚を付け替え、収納物に合わせて仕切りを追加するのは当たり前にある事。確実に決定付けるのは来歴の記録で、そこに手を加えてしまえば闇に葬るのは容易だった」

素人目にはそんなものかとも思うが、解らないでもない。匡士が小学生時分に使っていた弁当箱を見て、百年後の人がカード入れにしていたとは知りようもないだろう。

「念入りなクリーニングと清潔を謳《うた》う注意書きは良心の呵責《かしゃく》でしょうか。それとも、クレーム対応の逃げ道ですか？」

「い、違反はしていません」

猫間が威嚇するように眦《まなじり》を吊《つ》り上げる。

「ですね。聞けば『コモード』には箪笥と室内トイレ、二つの意味がある。コモードと書けば書類上は詐欺にならない」

防御策は万全だ。

「『海の宝箱編』と銘打って、箪笥と汲《く》み取りトイレを売る。違法ではありません。誰がどう思うかは別にして」

パイプ椅子の脚がガシャンと音を鳴らした。

「そうですとも、法には触れていません。企画の為に世界中の伝手《つて》を当たって集めたのです。来場者は喜んで鑑賞し、全てに買い手が付いた。大成功です」

猫間が胸を張ってスーツの襟を正す。

「そう思わない人もいるようです」

匡士は短い睫毛《まつげ》の陰で黒目を動かして彼を見据えた。

「菖蒲苑を訪れた犯人は、苑長《えんちょう》に購入品の由来を話そうとします。でも不審がられて警察を呼ばれてしまった。そこで業者の出入りに紛れて家具を持ち去りました」

「現在、ゴミ処理業者を中心に失くなった洗濯ワゴンを捜索中です」

黒川は自身で、犯人がまだワゴンごと隠し持っている可能性が高いと零《こぼ》していたが、捜査をされている事実は確実にプレッシャーを生み出す。

「マンション最上階の山辺家は、鍵《かぎ》がなければエレベーターの停止階を指定出来ません。しかし、犯人の狙いは家具を手放させる事。家族の目を盗み、家具の中で可燃物に火を付けて去りました。通帳やカードを入れたのは窃盗犯に見せかける為でしょう。燃え残ってバレてしまいましたが」

気付いていなかったのか、息を止める音が聞こえる。

「侵入出来たチャンスは一度きり――」

匡士は人差し指を立ててみせた。

『犯人が狙ったのはこの三つ』

海星は菖蒲苑と山辺家が購入した二点、そして最後の家具を指差した。

南志見が頭を挟まれた海賊の宝箱は数に入れていない。

「家具を納品した時です。人目を盗んで火種を仕込み、何食わぬ顔で挨拶《あいさつ》をして去る。火は徐々に火勢を強め、時間差で発見された」

猫間が背凭《せもた》れに摑《つか》まって上体を真横に捻《ひね》る。

「お前がやったのか。南志見」

南志見はたじろいで空足を踏んだ。

「私も被害者です。怪我をして、入院までしたじゃないですか」

「あなたが証言した侵入者が本当にいたかどうか、監視カメラの録画を調べれば分かりますよ」

黒川が冷静に告げる。彼がもし、警察の警戒対象から外れる為に事故を後付けで事件の様に捏《でっ》ち上げたとしたら、捜査が進むに連れて彼の容疑はより濃くなるだろう。

「海賊の宝箱に挟まれたのは単純な事故でしかなかった。警察の捜査が身近に迫った時、自分を被害者に仕立て上げる事を思い付いたのでは？」

南志見の足踏みが徐々に意思を持つ。足音が雨音を凌《しの》ぎ、床を蹴《け》り付ける。南志見は右膝《みぎひざ》を水平に上げたかと思うと、体重を乗せて足を振り下ろした。

「あんな小さな子がいる家に不潔な物を置かせるなんて、正気の沙汰《さた》じゃない」

「巫山戯《ふざけ》るな。立派な骨董品、文化財だ」

「でも、騙《だま》して売った！」

南志見は猫間の胴間声を上回って、殆《ほとん》ど咆哮《ほうこう》するように言い返した。荒々しい呼吸を嚙《か》み殺すように奥歯を合わせる。頰が軋《きし》んで、骨が削れる音が聞こえるようだ。

「あなたのやり方には付いて行けない。客の要望より社の都合で商品を勧めるのは日常茶飯事。無理な企画を通して、来歴の記述を消して辻褄《つじつま》を合わせる。私を大英博物館から連れ戻した時だって――」

刹那《せつな》、南志見が蒼白《そうはく》になる。

カタンとパイプ椅子が鳴って、猫間がゆっくりと立ち上がった。

「脅された、と言いたいのか？」

黒川が警戒して二人の直線上に半身を入れる。匡士も猫間の挙動に神経を尖《とが》らせた。視線を集めているのを自覚したように、猫間が芝居がかった笑みを広げた。

「聞きますか？　刑事さん。彼が私に何をしたのか」

「やめてください」

南志見が頭《かぶり》を振る。猫間は止まらない。

「彼はね、大学時代、シェアハウスをしていた時に、私宛ての手紙を捨てたんです。大英博物館からの採用面接の案内を」

匡士の頭が一瞬、混乱した。大英博物館で働いていたのは南志見の方だ。理解した途端、醜悪な現実に悪寒が迫《せ》り上がった。

猫間が顎鬚《あごひげ》を歪《ゆが》めて失笑する。

「同郷の同胞でした。採用された彼を心から祝った。帰国した私は負けじと研鑽《けんさん》を積み、起業しました。仕事で大英博物館の職員と話す機会があって、昔は私も目指していたのだと世間話をしたのです」

「そこで真実を？」

「二十年経っていました。二十年です。『事情で面接に来られなかったようだね。君が第一候補に挙がっていたのを覚えているよ。論文がとても面白かった』」

しかし、猫間は面接の存在も知らず、同時期に南志見が採用された。

猫間が髪を掻《か》き上げ指を握り込む。生え際の白髪が彼の年齢を実感させた。

「悔いても過去には戻れない。無気力で昔を反芻《はんすう》している内に、当時の南志見を思い出しました」

丸く開いた猫間の目はこの短時間で落ち窪《くぼ》み、南志見を映す双眸《そうぼう》に暗い光が宿る。

「彼の態度が奇妙《おか》しいのを、私に気を遣っているのだと思っていました。気にするなと何度言ったか知れない。だが、彼の後ろめたさに明確な理由があるとしたら？　小一時間、問い詰めたら吐きましたよ」

猫間がパイプ椅子の脚を蹴る。金属音を境に脳がノイズとして除去していた雨音が急に帰ってきて、身体の内側から冷たい雨に打たれるようだ。

南志見は左足を退《ひ》いたが隠れる場所はない。彼は喉《のど》に閊《つか》えた息を吐き出したかと思うと、乾いた笑いで身体を揺すった。

「謝った。家族を説得して帰国して会社を手伝っている。この上まだ何をしろと？」

「……開き直るんだな」

「採用されなかった結果、あなたは会社で成功し、日本で奥さんとも会えた。災い転じて福となすと言うでしょう」

「貴様！」

「南志見さん」

匡士は猫間の肩に手を置いて、彼の身体を自分より後ろに押し退けた。

正面から対峙《たいじ》した南志見は頬が痩《こ》けて、別人の様だ。

「それは、他人《あなた》が言っちゃあいけませんよ」

匡士が腕を下ろすと、手がいつもより重く感じられた。

「刑事をしてると色んな人に会うんです。御近所トラブルで引っ越した先でいい土地に住めたとか、恋人に裏切られたきっかけでダイエットを頑張って綺麗《きれい》になれたとか、被害者の方々は久しぶりに会うと明るい報告をしてくれます。でも……」

言葉を躊躇《ためら》う匡士に代わって、黒川が先を継いだ。

「被害者は、間違っても犯人のお陰などと思う必要はない」

強い単語に立場を明確にされて、猫間と南志見が我に返ったように表情を失った。

犯人が自身を犯人と認識する事も、被害者が自分を被害者と認める事も、人に大きなストレスを与える。誤魔化《ごまか》して、目を逸《そ》らして、和らげて。認知を曖昧《あいまい》にする事で一時的に心は守られるが、現実が変化する訳ではない。

　匡士は黒川に感謝してバトンを受け取った。

「苦境から抜け出して頑張ったのは猫間さん自身です。災いの先で福を得ようと災いは災い。彼を傷付けた事実は消えない。幸せに貢献する余地はないんです」

　南志見の膝が抜ける。その場に崩れ落ちる彼を黒川が支えた。

「窃盗、並びに器物損壊事件について、署でお話を伺えますか？」

「私は正しい事をしたかったのです。嘘を吐いて売るなんて耐えられません」

　弱々しい声が正義を唱える。

「お前が綺麗事を言うのは過ちから逃げる為だ」

　猫間の佇《たたず》まいにも最早《もはや》、覇気はない。肩越しに振り向いた南志見の目に涙が滲《にじ》む。

「違う。私は……」

「論点をずらし、自分が正しい部分に固執して、我を通し続けるしかなかった。私の非を責めている間は善悪関係が対等でいられるから」

「私は、あの日から抜け出せなくて」

　会話が途切れて、雨音しか聞こえなくなった。

　南志見にクリーニング業務を任せ、鑑定書を作成させたのは、猫間の復讐《ふくしゅう》だったのだろうか。そうする事で南志見の罪悪感を消費させようとしたのだろうか。

　猫間がパイプ椅子に座り込んで項垂《うなだ》れる。

過去に戻れたら。

幾つもの後悔が匡士に伝播《でんぱ》して、虚《むな》しく時を失わせた。

8

ショートケーキにシュークリーム、フルーツタルト、フォンダンショコラ、アップルパイ。ムースの表面を覆うジャムソースの光沢、ロールケーキの断面に色とりどりの果物が輝き、チーズケーキの焼き色が食欲をそそる。

「見た事ないケーキ屋さん」

「署の近くに開店してた。ゼリーは売り切れだったから次回な」

匡士の雰囲気は気が抜けて弛《ゆる》み、憂慮を隠していない。事件は解決したようだ。

陽人は湯沸かし器のプラグをコンセントに差し、サイドボードの戸棚からティーカップを選んで用意した。

四畳半の応接室は広くない。三脚台の丸テーブルには椅子二脚が精一杯で、白い窓枠の上げ下げ窓が鉄格子で防護されている事と、レトロガラスのペンダント照明がさほど明るくないのも部屋を狭く感じさせる要因だろう。

一階の階段下に位置するこの部屋は主に商談に使われる。閉じられた空間は秘密の話にはお誂《あつら》え向きだった。

「櫻田美術の公式サイトがリニューアル中になっていたよ」

「裁判が始まれば被害に遭った家具の正体が公に明かされる。猫間と櫻田美術競売企画はこれから難しい選択を迫られるだろう」

「大事《おおごと》だ」

単価の大きな取引は返品対応もおいそれとはいかない。

「南志見も開催前に社の評判を落とそうと画策したようだが、因果逆転しちまった。ただ、妙なんだよな。南志見は海賊の宝箱を手入れする時、蓋《ふた》にストッパーを嚙ませたと主張してる。虚偽証言を減らすにしても弁護士の入れ知恵にしてはお粗末だ」

「アンティークには不思議な現象が憑き物だからね」

「やめろよ」

匡士が恐々、椅子を引く。商談の為、持て成しと業績顕示を兼ねてテーブルも椅子もアンティークを使用していると知っているのだ。

陽人はティーポットに茶葉とお湯を注いで、砂時計を引っくり返した。

不意に手を止める。

サイドボードに封筒に重ねて置いたクリアファイルがある。

陽人はそれを一纏《ひとまと》めに取り上げて、匡士の向かいに腰を下ろした。

「捜査に必要で取りに来たのでしょう?」

「南志見が摑《つか》んでいた骨董《こっとう》品の情報が動機に直結する。修正前の来歴を手に入れるのにも役立つだろ」

「そうだね」

「陽人はもういいのか?」

匡士がクリアファイルに人差し指を立てる。

必要な事は調べた。が、まだ誰にも話していない。内容が内容だけに、相手を選ぶ。

「本木先輩」

「ん?」

陽人は匡士に柔らかく微笑んだ。

「お伽話《とぎばなし》を聞いてくれる?」

匡士が無言で先を待つ。

ティーポットの注ぎ口が細い湯気を燻《くゆ》らせた。

「南志見さんは企画に当たり、勉強をし直してチェストへの造詣《ぞうけい》を深めていた。資料の収集中に博物館勤務時代の同僚から手に入れた文書の写しがあった。大戦時に焼失と略奪を恐れて防空壕《ぼうくうごう》に避難させた、未分類の美術品と書類の一部」

陽人はクリアファイルから写真の印刷された紙を抜き出して、匡士の前に置いた。

「ミケランジェロの設計図《スケッチ》」

「名前だけしか知らないが、すごい画家だよな」

匡士が困惑した顔で理解を試みる。

「画家であり、彫刻家であり、建築家で、詩も詠う。レオナルド・ダ・ヴィンチと並ぶ万能の芸術家だね」

「一個くらい才能を分けて欲しいもんだな」

匡士のように、ミケランジェロをあらゆる分野で秀でた天才と認識する人は多い。しかし、当人の中では分野ごとに序列があったと言われている。

「ミケランジェロは彫刻を絶対的存在と信じていた。ダ・ヴィンチとの対立関係でよく語られるパラゴーネ、絵画と彫刻の優劣を競う論争があるけれど、独創的で偏屈なミケランジェロが、或《あ》るいは彼のフォロワーが迷走した過程ではないかと思う」

「この設計図が？」

匡士が訝《いぶか》しげに用紙を透かし見た。

砂時計の砂が落ちる。

「海星の入っていたチェスト」

陽人はスマートフォンで画像アプリを選んだ。あらゆる角度から撮影した箱形チェストの写真がフォルダ分けされている。

「僕が開けるまで、どうして大人達は海星に気付かなかったと思う？」

「誰が荷物に入れたか、いつ運んだかあやふやだと聞いたが」

「うん。更に加えて、寄木細工の秘密箱の様に、仕掛けを順に解く事で開く絡繰《からくり》が仕込まれていた。あの頃の僕は怖いもの知らずで、心地よい音がするのが楽しくてパネルの細工を動かした」

「それで偶然、開いた？」

陽人はスマートフォンの画面に海星を見付けた箱形チェストの写真を開き、テーブルに広げた資料に重ねて置いた。

「この設計図に同じ仕掛けが描いてある」

「それじゃあ、ミケランジェロの……いや、辻褄《つじつま》が合わない」

匡士の記憶力と照合の速さは流石の刑事職だ。その通り、あり得なかった。

「昨年、研究家に発見されて、現在に至るまで本当にミケランジェロの手によるものか議論が続いている。僕にとって重要なのは描き手が誰かではない。鑑定の結果、一五〇〇年代に描かれた物に間違いなく、発見が去年だった事」

砂時計の最後の一粒が終わりを告げる。

「海星のチェストは放射性炭素年代測定で、作られてから数十年と結果が出ている」

「設計図が発見されてから作ったんじゃあ間に合わない。だが、十六世紀当時に作られたチェストだとすると新し過ぎる」

ティーポットの紅茶を二つのティーカップに注ぐ。水が空気を含む音がする。

「先日、帰宅した時に両親がチェストをひっくり返して写真を撮った。3Dに再現して保存するアプリに取り込む為だったのだけれど、脚の底面に床に零《こぼ》した絵の具を踏んだような痕《あと》を見付けて科学鑑定依頼を出したらしい」

「絵の具なんか分析してどうにかなるのか？」

「絵画の真贋《しんがん》を鑑定する時は定番でね。時代によって発色成分が違うから製作時期の特定に繋《つな》がる。例えば、チタンが含まれていれば一九二〇年代以降、ガス由来の煤《すす》が検出されれば経年偽造という風に」

「生半可の捜査より捜査してる」

匡士が椅子の背に肘《ひじ》を掛けて仰反《のけぞ》った。鑑定結果を聞いたら椅子から転げ落ちるかもしれない。

「チェストの脚に付いた絵の具には、マミーブラウンが含まれていた」

「お母さんの茶色って何だ。弁当？」

「友達のお弁当みたいにカラフルにしてよ」

陽人はふふと笑って、宵から送られた添付ファイルの鑑定書を開いた。

「マミーはミイラ。十六世紀、エジプトで発掘されたミイラがヨーロッパに輸出され、すり潰《つぶ》して画材に使われた」

「ヴェ」

「脂質の個体差で発色も仕上がりも均一性に欠け、現在では作られていない」

「不出来以前に倫理が問題だろ」

匡士が言って、自ら口を噤《つぐ》んだ。

現代にはない絵の具の成分が付着した、真新しい木材の箱形チェスト。

「逆じゃないのか……」

「お伽話だよ」

陽人はティーカップを手に取り、紅茶を口に運んだ。喉《のど》の渇きは癒《いや》されなかった。

「海星」

匡士が顔を上げる。

背中から涼しい空気が流れ込む。

陽人は腰を捻《ひね》って振り返ると、扉が開いて、海星が棒立ちに佇《たたず》んでいた。彼が話を聞いていた事は、初めて見るその表情が物語っていた。

「兄さん、俺は過去から来たの？」

断言は出来ない。だが、現代では一般的な抗体を持っていなかったのも、予防接種のない時代に生まれたのだとしたら説明が付く。

「設計図が保管される前の、十六世紀当時に作られたチェストが現代に飛んできたと考えると、年数自体は作られてから数十年しか経っていない事になる」

「流石に非科学的が過ぎるだろう。五百年前だぞ」

匡士が鼻で嗤《わら》ったが、真剣な目が笑い切れていない。

海星がテーブルの上の設計図を一瞥《いちべつ》して、陽人に視線を転じた。

「兄さんはどう思う？」

海星が真剣な眼差《まなざ》しで陽人を凝視する。

こんな鑑定結果になるとは夢にも思わなかった。だが、鑑定は事実に基づき、公正に行われなければならない。

陽人はディーラーとして率直な意見を述べた。

「仮にチェストの仕掛け錠を閉めた事で時間を移動したのなら、設計図に従ってもう一度閉めれば帰れるかもしれない。試す価値はあると思う」

「分かった」

海星の決断は早かった。もしかしたら、ずっと考えて——望んでいたかのように。

「おい」

「支度をするから待ってて」

匡士の制止を聞かず、海星が階段を上っていく。

陽人は倉庫に移動しながら設計図を熟読し、パネルを動かす手順を頭に刻み込んだ。

扉を開けると、アンティークの中に一台だけ新しいチェストが眠っていた。

匡士が数歩遅れて戸口に駆け付ける。

「お前ら、そんな急に。本当に過去に飛んじまったらどうするんだ」

彼の言葉が不思議に思えるほどに、陽人の頭は冷えて冴える感覚がした。海星の後ろ姿ばかりが明瞭に浮かんでいる。

「旅立ちは急なものだよ。帰る場所があるなら……本人が帰りたいなら、笑顔で送り出してあげたい」

元いた世界に戻れば、海星は青空の下を自由に歩き回れる。大勢の人と出会い、人生を謳歌《おうか》して、彼が歴史に遺《のこ》した名を陽人は本で見付けて微笑むのだろう。

「陽人」

匡士が何かを言いかけて、下ろす腕と共に心に収める。

足音が下りて来る。

「準備出来た」

来た時と同じブランケットを抱えて、海星が倉庫に現れた。

陽人はチェストの蓋《ふた》を上げた。

「じゃあね、もくもくさん」

「おう」

匡士が掲げた拳《こぶし》に、海星が華奢《きゃしゃ》な拳を当て返す。

陽人はチェストの傍らに立ち、歩み寄る海星を迎えた。

背は伸びたが陽人よりまだ頭ひとつ小さい。長い前髪の下から外を見据える瞳《ひとみ》は鋭く、淡い表情は多くを語らないが、不安でなかったはずがない。

「家から出られず煩わしさもあったろうに、沢山頑張ってくれたね。ありがとう」

「何もしてないよ」

謙遜《けんそん》でなく、海星が本心から思っているのが伝わる。陽人は海星の背に腕を回して、彼の小さな身体を包み込んだ。

「失敗を怖がらないで。心配しないで。何処に行っても、皆の力になりたいと願った海星の勇気は必ず海星を助けるよ」

海星がハグを返したのは数秒。彼は遠慮がちに肘を伸ばして身体を離した。

「今までありがとう、兄さ……陽人さん。二人によろしく」

言い換える声が僅《わず》かに音を揺らす。

変わる必要などない。

陽人は海星と向かい合い、最大の親愛を以《もっ》て微笑んだ。

「雨宮骨董店《こっとう》の名に於《お》いて――」

言い止《さ》して、正す。

「雨宮陽人の人生をかけて、雨宮海星を弟と鑑定《しょうめい》します」

「兄さん」

海星が俯《うつむ》いて、チェストの蓋を手で押さえた。一人では出られなかったチェストも、今は伸びた足が悠々と縁を跨《また》ぐ。

「ごめん。兄さんはいい風に誤解してくれているけど、俺、本当は矮小《ちっぽけ》な欲を大義名分で誤魔化《ごまか》した」

海星がブランケットを羽織り、引き寄せた布の端に口元を埋《うず》める。彼は瞼《まぶた》を閉じて深く息を吸うと、徐《おもむろ》に腕を下ろして陽人を見上げた。

「万人なんてどうでもいい。俺は兄さんの役に立ちたかっただけだ」

海星が照れたように眦《まなじり》を弛《ゆる》めた。

彼は時折ふらりと店に現れて、謎めいた一言を落としていく。分かれた妖精《ようせい》を引き合わせた事もあった。無謀をしたのは棚の妖精から陽人を守る為だった。

両親の土産話で笑った日。

初めて同じ食事を食べられた日。

空に舞う桜を見た日。

「もくもくさん、閉めるの手伝ってよ。兄さん一人じゃ重いでしょ」

「気が利きませんで」

匡士が億劫《おっくう》そうにゆったり近付いて来て、チェストの蓋に手を掛ける。海星が膝《ひざ》を折り、身を屈《かが》める。

「海星！」

陽人は真っ白になった頭で、海星の手首を摑《つか》んだ。

終幕

ブランケットに包《くる》まっていると心が丸くなる。

この世界に生まれた時から触れていた。不安も、戸惑いも、憂いも、怒りも、刺々《とげとげ》しい角が吐息に溶けて柔らかくなる。

閉じた瞼に陽光が当たり、暖かな眩《まぶ》しさで海星は目を覚ました。

時間を超えると言われて純粋に信じた訳ではない。

陽人と匡士は思い至っていないようだったが、帰れたとして、海星は現代にしか存在しないウイルスの抗体を過去に持ち込む事になる。及ぼす影響に確証は持てない。

不可解な事象もある。妖精が見える理由だ。

一説によれば、宇宙は常に移動し続けているという。仮に南極点で時間を移動した場合、地球も同一の座標に留《とど》まらないから、着地点は南極点からずれてしまう。移動時間が長いほど差は広がり、移動者は地球から放り出される可能性が高くなるのだ。

つまり、時間旅行者は時間と空間を同時に移動しなければならない。

時空を超えた時に位相がズレて、人の世界と異なる次元に身体の一部が固定されたと考えると、重なり合う別次元が見える理由になり得る。

否、生まれ故郷が時間も空間もごった煮の異世界だったのか。

しかし、どれも結局は海星のこじ付けの想像だ。

海星の来歴。彼を取り巻く奇妙な謎が、アンティークの鑑定の様に解き明かされる日は来るのだろうか。

扉が三回、外からノックされる。

短く応《こた》えると扉が開いて、陽人がいつもの笑顔を覗《のぞ》かせた。

「海星、不思議な鑑定依頼が来ているのだけど、見てみてくれる？」

廊下から焼きたてパンの香りがして、また匡士が差し入れと共に厄介事を持ち込んだのだと分かった。

存在証明、存在価値。

摑まれた右手首に残る感覚。今はそれだけで。

「いいよ」

海星はブランケットを置いて、兄が待つ扉を潜《くぐ》った。

参考文献

『CLASSIC ENGLISH DESIGN AND ANTIQUES』（Hyde Park Antiques Collection, MARIO BUATTA, EMILY EERDMANS／RIZZOLI）

本書は書き下ろしです。
この作品はフィクションであり、実際の人物、団体等とは一切関係ありません。

雨《あま》宮《みや》兄弟《きょうだい》の骨董事件簿《アンティーク・ファイル》 3

高《たか》里《さと》椎《しい》奈《な》

令和6年 3月25日　初版発行

発行者●山下直久

発行●株式会社KADOKAWA
〒102-8177　東京都千代田区富士見2-13-3
電話　0570-002-301（ナビダイヤル）

角川文庫 23998

印刷所●株式会社暁印刷
製本所●本間製本株式会社

表紙画●和田三造

◎本書の無断複製（コピー、スキャン、デジタル化等）並びに無断複製物の譲渡および配信は、著作権法上での例外を除き禁じられています。また、本書を代行業者等の第三者に依頼して複製する行為は、たとえ個人や家庭内での利用であっても一切認められておりません。
◎定価はカバーに表示してあります。

●お問い合わせ
https://www.kadokawa.co.jp/（「お問い合わせ」へお進みください）
※内容によっては、お答えできない場合があります。
※サポートは日本国内のみとさせていただきます。
※Japanese text only

©Shiina Takasato 2024　Printed in Japan
ISBN 978-4-04-114537-1　C0193

◇◇◇

角川文庫発刊に際して

角 川 源 義

第二次世界大戦の敗北は、軍事力の敗北であった以上に、私たちの若い文化力の敗退であった。私たちの文化が戦争に対して如何に無力であり、単なるあだ花に過ぎなかったかを、私たちは身を以て体験し痛感した。西洋近代文化の摂取にとって、明治以後八十年の歳月は決して短かすぎたとは言えない。にもかかわらず、近代文化の伝統を確立し、自由な批判と柔軟な良識に富む文化層として自らを形成することに私たちは失敗して来た。そしてこれは、各層への文化の普及滲透を任務とする出版人の責任でもあった。

一九四五年以来、私たちは再び振出しに戻り、第一歩から踏み出すことを余儀なくされた。これは大きな不幸ではあるが、反面、これまでの混沌・未熟・歪曲の中にあった我が国の文化に秩序と確たる基礎を齎らすためには絶好の機会でもある。角川書店は、このような祖国の文化的危機にあたり、微力をも顧みず再建の礎石たるべき抱負と決意とをもって出発したが、ここに創立以来の念願を果すべく角川文庫を発刊する。これまで刊行されたあらゆる全集叢書文庫類の長所と短所とを検討し、古今東西の不朽の典籍を、良心的編集のもとに、廉価に、そして書架にふさわしい美本として、多くのひとびとに提供しようとする。しかし私たちは徒らに百科全書的な知識のジレッタントを作ることを目的とせず、あくまで祖国の文化に秩序と再建への道を示し、この文庫を角川書店の栄ある事業として、今後永久に継続発展せしめ、学芸と教養との殿堂として大成せんことを期したい。多くの読書子の愛情ある忠言と支持とによって、この希望と抱負とを完遂せしめられんことを願う。

一九四九年五月三日